AWAMURA AKAMITSU
あわむら赤光
【イラスト】kakao
転生魔王の大誤算
てんせいまおうのだいごさん
有能魔王軍の
世界征服最短ルート
JN131578
5

ルシ子、シト音、アス美、ベル乃が
ぞろぞろとやってきた。
そう――全員、全裸だ。

常識改変で魔将たちがご近所さんに!?
幼馴染だから裸のつきあいも当然だよね?

常識を書き換えられた幻惑世界で
なぜかベル乃の記憶だけは……？

エイミーちゃんに
“ワカらせ”て
魔王サマ☆

《欺瞞》のエイミー

ケンゴーの支配体制に反逆する
「五大悪魔」大幹部。

言われなくても！
魔王ケンゴーにまつろわぬ者よ
真の恐怖を分からせてやろう——

CONTENTS

The Great Miscalculation of THE DEVIL.

GA文庫

転生魔王の大誤算５
～有能魔王軍の世界征服最短ルート～

あわむら赤光

GA文庫

CHARACTER

［イラスト］kakao

ケンゴー

『歴代最高の魔王』と称される魔界最強の男。だが、その中身は人畜無害の高校生で怖そうな魔将たちに日々怯えている。せめて魔王らしくいようと心掛けた結果、勘違いや深読みが重なって臣下から絶大な忠誠を集めることに。

傲慢の魔将 ルシ子

当代の『ルシフェル』を司る七大魔将の一人。ケンゴーとは乳兄弟の関係にある幼馴染。彼が「別世界の人族だった」という前世の記憶を持っていることを知っているが、それは二人だけの秘密。

憤怒の魔将　サ藤

当代の『サタン』を司る、怒らせてはいけない魔将。もう一つの顔を魔王は知らない。

強欲の魔将　マモ代

当代の『マモン』を司る、独占欲が強い魔将。
作戦会議でも司会進行役は自分のもの。

嫉妬の魔将　レヴィ山

『レヴィアタン』を司る、良いとこ探しの魔将。
魔王の一挙手一投足を好意的に解釈する。

色欲の魔将　アス美

『アスモデウス』を司る、あどけなくも艶めいた魔将。魔王の初々しさがお気に入り。

暴食の魔将　ベル乃

『ベルゼブブ』を司る、いつもお腹を空かせた魔将。
彼女に食べることを禁じてはならない。

怠惰の魔将　ベル原

『ベルフェゴール』を司る、深読みに長けた魔将。
頭が回りすぎて魔王を拡大解釈しがち。

プロローグ

草食系男子高生の乾健剛（いぬいけんごう）は、魔王ケンゴーに転生してしまった。

——してしまったはずだったのだ。

なのに今、ケンゴーがすごしているのは魔王城ではなかった。

ごく普通の人族たちが暮らす都の、ごく普通の住宅街にあるごく普通の民家。

気づいたらケンゴーはそこで、ごく普通に生活していた。

ごく普通の住人として、ごく普通のご近所さんたちによくしてもらっていた。

つい十日前までは、プロレスができそうなほど大きな魔王（キング）サイズベッドで寝起きし、非常識と凶猛極悪が服を着て歩いているような臣下たちに囲まれていたのに。

魔王として暮らしたあの日々が、まるでなかったかのようだ。

しかも、この異常事態に巻き込まれたのは、ケンゴー一人ではなかった。

八月も中旬。鮎（あゆ）の塩焼きやトマトとアスパラのサラダなど、夏の実りが並ぶ食卓。

一緒に夜の団欒（だんらん）を囲うのは、家族同然の間柄のお隣さんたち。

こぢんまりとしたダイニングキッチンを、彼女たちのにぎやかな声が満たす。

棚に飾られたクマのぬいぐるみまで、笑顔になって聞いている——そんな空想をしてしまいそうなほど楽しい雰囲気。

「ケンゴーお兄ちゃんは、妾と結婚してくれるって約束してくれたよね☆」

蕩けるようなロリータボイスでそう言ったのは、末妹のアス美ちゃん。

町娘みたいなごく普通の服を着ているが、サイズが著しく合ってないので、今にも肩口からずるっと落ちて幼い肢体をさらけ出してしまいそうなのが、なんとも背徳的。

ケンゴーがいくら注意しても、「成長期だから大きめサイズじゃないと、すぐに着られなくなっちゃうの☆」などと言って聞かない。二百歳超えのロリババアが成長するわけないのに。

しかしアス美一流の、からかい混じりの嘘弁明などではなくて、本気で言っているのが伝わるからよけいに始末が悪い。

「ね？　お兄ちゃんはアス美との約束、守ってくれるよね？」

そう言って自分の襟元に人差し指をひっかけて、胸元をチラチラ、ふくらみかけのロリ乳を見えそで見えない感じで誘惑してくる。

目のやり場がなくて本当に始末が悪い！

一方——

「ハァ？　あんたみたいなガキンチョなんて、ケンゴーが相手するわけないでしょ？」

そう言ってアス美をせせら笑ったのは、三女のルシ子。

こちらも庶民的な服を着ているが、自分で丈を裁断して、極ミニスカート&ヘソ出しという刺激的なファッションに改造している。

「充実したリアルには、相応のストーリー性ってものが必要だわ！　そして、この世にオサナナジミと結ばれる以上のラブロマンスはないわ！　このアタシに比べればミジンコみたいな奴だけど、ケンゴーにもその程度の幸せを享受する資格があると思うの！」

ふんぞり返って胸を反らし、大きいのに全く垂れていないナマイキおっぱいをますますツンとさせて、居丈高に語り聞かせるルシ子。

すると——

「その幼馴染というのが、ルシ子ちゃんだと仰りたいんですか？」

おっとりとした声と口調で訊ねたのは、シト音さん。お隣に住んでいる四姉妹の長女だ。

同じ庶民服なのに、彼女が着こなすととても清楚に見えるから不思議だ。露出の少ないロングスカートが、かえってセクシーで◎。

「べべべべ別にアタシのことだって言ってるわけじゃないわよ！　そもそもこのアタシとこのミジンコじゃ釣り合ってないわよ！」

とツンデレを炸裂（さくれつ）させるルシ子にも、

「私めの誤解だったようですね、ごめんなさい。それに幼馴染同士で結ばれるのは、現実でも物語でもとってもステキだと思います」

とオトナの態度で賛同する。

さらには清楚且（か）つおっとりとした笑顔のままで、

「だって四姉妹（わたしたち）全員、お隣さん（ケンゴーさん）とは幼馴染同士ですものね」

テーブルの下、隣に座るケンゴーの膝（ひざ）を人差し指でくすぐるように、つつつ――と撫（な）でさすってくる「情欲（シトリーとアプサラス）」の大侯と天女の間に生まれたサラブレッド。

そして――

四姉妹最後の一人が言った。

お胸もお尻（しり）もお身長も大きな、くっちゃ寝くっちゃ寝、さぞすくすくと育ったのだろうなと想像させる女の子だ。

「……結局、ケンちゃんは誰が好きなの？」

と、いつも通りの「ぼへー」とした顔のくせに、鋭い質問をしてくる。

誰あろう、ベル乃（の）である。

彼女だけ庶民服ではなくメイド服姿だった。家事とか一切（いっさい）しないくせに。

このテーブルに並ぶ料理だって全てルシ子とシト音の手になるもので、ベル乃は食べるだけ係という、なんともいいご身分のメイドさんがいたものである。

まあ、ベル乃もいつぞやのアザゼル男爵のパーティーで着て以来、妙に気に入った様子だし、自分の好きなファッションをする楽しさはケンゴーにも理解できた。

そのベル乃がジャガイモのパンケーキを丸のみにしながら、

「……で、どうなのケンちゃん？」

「食べることしか能のないアンタにしちゃ良い質問だわ！」

「アス美もぜひ聞きたいなー☆」

「だ、誰がお好きなのですか、ケンゴーさんっ」

ルシ子、アス美、シト音までここぞとばかりにグイグイ来る。

質問者のくせにパンケーキを平らげるのに忙しいベル乃の、「ぽへー」とした顔をケンゴーは恨(うら)めしく見つめる。

それから三姉妹の剣幕に押されて――もとい腹を括(くく)って答えた。

「ぜ、全員、好きかな」

その場凌(しの)ぎにしてもヒデエと自覚があるので、もう小声になってボソボソと。

「ハァァァァァァァァァァァァ？　その場凌ぎにしてもヒドいんですけどぉ？？？」

乳兄妹(おさななじみ)にも即ツッコまれた。

しかし、

「お兄ちゃんは全員と結婚してくれるのかー☆　アス美、うれしいなー」

「ですねえ。家族は多い方が、にぎやかでステキだと私めも思います」

と、末妹(アスみ)と長女(シトね)の反応は対照的だった。

「冗談でしょ⁉　アタシはアンタたちなんかと一山いくらなんて、真っ平なんですけどぉ」

とルシ子が覿面(てきめん)に噛(か)みつけば、

「じゃあ仕方ないね。ルシ子姉ちゃんだけハブってことでー☆」

「まあまあ、ルシ子ちゃんも意地を張らないで。アス美ちゃんも意地悪言わないで。皆でケンゴーさんに嫁(とつ)いで、末永く仲良くしましょう？」

とアス美が神経を逆撫(さかな)でするように、シト音が優しく宥(なだ)めるように、硬軟混合の挟撃をする。

「ケンゴーと結婚するのは誰とは言わないけど一人で充分だってのおおおおおおおおっっっ」

ルシ子が怒髪天を衝(つ)いて絶叫した。

にぎやかを超えて、騒々しくなる三人の姉妹たち。

そんな大騒ぎの中で——

食うのに忙しい様子の次女(ベルの)が、いきなりボソリと言った。

「……わたしもみんな、好き」

それが決して食材や料理の話ではないことを、ケンゴーは誤解しなかった。

夏の夜が更けていく。

かしましい三人の姉妹と、また我関せずとなって食い続けるベル乃。

その様子を、目を細めて眺めるケンゴー。

平穏とは言えないかもしれないが、魔王だったころに比べれば、遥かに普通の庶民暮らし。

どうしてこんなことになってしまったのか？

発端は八月の頭まで遡る——

第一章　「勇者王の国」攻略会議

その日は午後イチから「御前会議」が開催された。

七大魔将たちが勢ぞろいし、世界征服などというロクでもない計画を本気で話し合うための、ケンゴーにとっては実に頭の痛い集いだ。

「――という経緯を持ちまして、ホインガー、カフホス、バーレンサの三国はそろって我が陛下(マインカイザー)に恭順をお誓い奉った次第にございます。これにて正式に、サイラント地方の併呑(へいどん)完了と相成りました」

司会進行役のマモ代が淀(よど)みなく状況報告を終える。

会議の主導権(イニシアティブ)さえ己(おの)がものにしなければ気がすまない、「強欲」の魔将。

すこぶるつきの肢体(したい)を、今日も軍服で隙(すき)なくラッピングしている。凛々(りり)しいという言葉は、彼女のためにあるのかもしれない。

「いと穹(たか)きケンゴー魔王陛下におかれましては、ベクター王国に続きましてご覇業が順調の由(よし)、誠に慶賀に堪(た)えませぬ」

そう言ってマモ代が深々と腰を折ると、他(ほか)の魔将たちも拍手喝采(かっさい)。

「さすがは我が君でいらっしゃる」

「まさに歴代最強」

「嫉妬を禁じえませんよ」

　と、ケンゴーのことを口々に褒め称える。

（いや、スゴいのは現場で頑張ってるおまえたちじゃん。俺、何もやってないじゃん。なんで俺が褒められてんの？）

　ケンゴーとしては居心地が悪いことこの上ない。

　しかし、あまり舐められてクーデターでも起こされたら怖いので、さもそれが当然の如き態度でファファファと笑っておく。

　あと「おまえたちあっての余である」とヨイショも忘れない。

「ゆえに歴代最強の称号は、おまえたちにもまた当てはまるであろうな」

　と、自分でも歯が浮くような巧言令色を駆使すると、

「もったいないお言葉です……！」

「光栄至極に存じます、陛下！」

「これからもどうぞ吾輩をお使いくださいませ！　そう――御身の知恵袋であるこのベル原を」

「……お腹空いた」

　と魔将たちが感激した様子で打ち震える。

サ藤などもう魂が抜け落ちたかのように白目を剝いていて、ケンゴーの方が（失神するまで喜ばんでも……）と内心ドン引きさせられる。

ともあれ魔将たちが一頻り感動を味わった後で、マモ代が会議を進めた。

「サイラント地方の統治に当たっては宰相たちともよくよく諮り、適切な人員を官僚として迅速に送り込むことで、旧支配体制を骨抜きにしてゆきます。無論のこと、その者らには陰働きを徹底させ、外面的にはあたかも人族の王侯どもが変わらず国家運営をしているが如き体裁をとり、我ら魔族との軋轢や摩擦は最小限にいたします。その上でベクター同様に医療・農業・教育分野において魔法技術の供与による強力な改革を促し、人族にとってももはや我々なしの生活など考えられないようにと洗脳していく予定です」

「う、うむ、さすがマモ代は余の望む治世を理解してくれておるな」

「我が陛下に側仕えしてもうすぐ一年、当然のことでございます」

（言い回しがいちいちドス黒なのが気になるけどな！）

「またバーレンサら三国の侵略に当たりましては、我が陛下のご考案賜ったゲーム形式に則り、極めて穏当な手段で遂行いたしました。ですゆえ灰燼と化したベクター王都と違い、再建に急を要する都市や施設はございませぬ。遅滞なく世界征服を進行できる状況にあると小官は愚考いたします」

「う、うむ。そうだな。然様であるか」

世界征服なんてずっと遅滞させていんじゃない？　などと本音トークは口が裂けてもできず、ケンゴーは言い淀む。

一方、魔将たちは人の気も知らず、

「ふーむ。今の話を聞くと、我が君がご考案なさった流血減点式ＲＴＡ（リアルタイムアタック）レースにも、別の視点が見えてくるな」

「然（しか）り。てっきり妾（わらわ）らに任務さえも楽しめという、粋（いき）なご高配だとばかり考えておったが」

「よ、より早く世界征服を進められるようにと、そそっ、そういうご配慮もあったんですねっ」

「〝深い〟」

「……お腹空いた」

やんややんや、また喝采する。

（ンなことミリも考えてねえよ！　単にガチ侵略とか外道（げどう）なことやったら、罪悪感で俺のヘタレチキンハートが破裂するからってだけだよ！）

内心そう思えど、外面（そとづら）ではまたさも当然のように魔王風を吹かせておくケンゴー。

「即時侵略再開ということでよろしゅうございますか、我が陛下（マインカイザー）？」

「う、うむ。苦しゅうない」

マモ代に裁可を仰（あお）がれ、嫌とも言えず震え声で許可するケンゴー。

「御意。それではこちらをご覧くださいませ」

マモ代は指揮鞭（べん）を一振りすると、得意の幻影魔法の術式を編む。

そして年代物の会議テーブルの天板に、地図を映し出す。


まずは現在、魔王城のあるベクター王国。

そこから見て、東の山向こうにあるのがサイラント地方。

東西を山脈に挟まれた、豊穣（ほうじょう）の中原である。

この地にあるいずこかの龍脈を見繕（みつくろ）い、また次の満月を待って「魔王城転移ノ儀」を行い、拠点を移すことになるだろう。

そのさらに東の山向こうが、続く侵略対象か――

地図には「ライロック王国」と書かれている。


「ふむ。相当の大国と見受けるな」

地図を見てケンゴーは呟（つぶや）いた。

縮尺が正しければ、サイラント地方にある三国を合わせたよりも、なお倍ほどの領土があるように見える。

「はい、我が陛下（マインカイザー）。ライロックは〝勇者王の国〟とも名高い、人界有数の強国でございます」

さすがマモ代はやり手だけあって、事前調査もバッチリらしい。

「ほう……それはまた曰くありげな異名であるな」

「開国から現在に至るまで、王の嫡子が必ず勇者としての力を持って生まれることから、そう内外で呼ばれておるのです」

「つまり代々のライロック王は全員、勇者ということか」

ケンゴーは異名の由来に納得する。

一方で腑に落ちない様子の者もいた。

軽薄イケメン、「嫉妬」の魔将レヴィ山である。

怪訝そうにマモ代に確認をとり、

「勇者ってのはよ、天帝から血の一滴を与えられた〝最初にして最強〟の、末裔どもだろ？ ただし血筋を引いてる全員が勇者なわけじゃなくて、ごく稀な確率で先祖返りを起こした奴らだけが勇者として覚醒するんだろ？ ならよ、そのライロックの王家とやらもまあ勇者の血筋なんだろうが、だからって代々必ず勇者として目覚めるってのは眉唾じゃね？」

「しかし小官が調べたところ、事実そうなのだ。人界でもライロック王家唯一例の、稀有なケースという話だ」

「うーん……そういうもんか？」

「いや、レヴィ山の疑念が正しい。稀有の一言では片づけられないほど、理屈に合わん」

また疑問を唱える者がいた。

ダンディにM字髭をしごく、「怠惰」の魔将ベル原である。

「繊細虚弱の人族にとり、天帝の血は劇薬に等しい。事実、〝最初にして最強〟の勇者は好色にも人界各地に胤を蒔いて旅したそうだが、その大半は死産だったという。〝最初〟に流れる天帝の血が濃すぎて、受け継いだ子らの肉体が耐えかねたということだ」

ベル原の歴史講釈を聞いて、ケンゴーは「うっ」と蒼褪めた。

（我が子が死にまくるってわかって、それでもあちこちでエロいことしまくってたってことか？　コレもうスケベとかそんな一言で片づけられないだろ……）

天帝教にまつわるエピソードは本当に胸クソ案件だらけだと、再確認させられる。

他方、レヴィ山はベル原の発言を咀嚼し、

「勇者が子どもをこさえたら死産になるなんて話、オレちゃんは聞いたこともないけど……もしかして代を重ねたことで、現在じゃあ天帝の血が薄まったってわけか？」

「然り。そしてその分、先祖返りを起こす確率も激減しておるという話だ」

「じゃあ必ず勇者が生まれるライロック王家は、さぞ濃い血筋を未だに保ってるんだろうな」

「同時に、生まれてくる赤子らが死屍累々となっておらねば道理に合わず、そのような家系はとうに途絶えていそうなものだがな。どうなのだ、マモ代？」

ベル原が鋭い視線をマモ代へ向ける。

ほうほうなるほどと聞いていた、ケンゴーも注目する。

果たしてマモ代は挑発的な態度で、ベル原に答えた。

「事実と理屈が合わぬ場合、間違っているのは理屈の方だ。そんな簡単なことも小官の口から言わせなくてはわからないのか？」

これにベル原もむっとなって反論した。

「もっと簡単に辻褄を合わせることもできるぞ？　間違っているのは事実でも理屈でもなく、マモ代、貴様の調査自体ではないのか？」

「なんだと……」

マモ代が怒り心頭の様子で、手にしていた指揮鞭をギリギリと曲げる。

ベル原の冷たい眼差しを激しくにらみ返し、視線と視線でバチバチにやり合う。

いや、ガンくれ合ってるだけならまだいい――

「城で鼾をかくしか能のない『怠惰』が、小官の手腕を疑うかよ」

マモ代の全身から、質量を伴うほどの重厚な魔力が立ち昇った。

「歴代マンモン大公が、欲目に眩んで真実が見えなくなった事例は、枚挙にいとまがないぞ？」

ベル原の全身から、部屋の気温を下げるほどの冷たい魔力が立ち昇った。

（オマエラまーた時空震撼魔法バトルおっ始めるつもりかよ⁉）

上座で鷹揚の態度を気取りながら、内心では頭を抱えて仰け反るケンゴー。

レヴィ山曰く、魔族はそもそも争いごとが大好きらしい。

しかもマモ代とベル原が三国征服レースにおいて、お互いにキッタナイ手段を駆使して足を引っ張り合ったいきさつは、記憶に新しいところだ。

ケンゴーからすれば、どっちもどっち。

しかし当人らには、その時の遺恨がまだあるのかもしれない。


(なんとかしてルシ子さああああああん)

(アンタも調子がいい奴ねえ……)

ケンゴーが必死にアイコンタクトを送ると、ルシ子は半眼になりながらも了解してくれる。

嘆息一つ、マモ代とベル原の仲裁に入り、

「粋がるのもその辺にしておきなさいよ、アンタたちどっちも大して強くないんだから」

「貴様のような中の中に雑魚呼ばわりされるのは、吾輩の沽券に関わるのだが!?」

「なんならこの場で白黒つけてやろうか!?」

(ルシ子さんケンカ売るの得意すぎぃいいいいっ)

これが「傲慢」の魔将サン式仲裁！

ケンゴーはもう本当に頭を抱えて仰け反った。

その間にもルシ子まで「上等よ!!」と、煌めくオーラめいた魔力を全身から立ち昇らせる。

マモ代、ベル原との時空震撼バトルロイヤルが勃発(ぼっぱつ)寸前。
ところが――

「主殿(あるじどの)の御前ぞ、ぬしら頭を冷やしや」


――まさにその寸前、アス美(み)が扇子(せんす)を開いて閉じた。

その動作で術式を編むと、天井(てんじょう)三か所から三条の水が降ってくる。

ルシ子、マモ代、ベル原に脳天からぶっかかる。

びしょ濡(ぬ)れになった三人。憮然(ぶぜん)としつつも、実際それで頭が冷えたのだろう。

全身から水を滴(したた)らせながら魔力を収めた。

(よく仲裁してくれた、アス美!)

これには胸を撫(な)で下ろすヘタレチキン。

しかし、ケンゴーは気づいている。

今のはかつてのマモ代の仕打ち――アザゼル男爵のパーティーで、アス美がルシ子、ベル乃(の)といがみ合っていた時に、「頭を冷やせ」と同じやり口で水をぶっかけられた――に対する意趣返しなのだと。まーだ遺恨を持っていたのだと。

童女のように稚(いとけな)い顔をしたアス美が、一瞬、舌を出したのを見逃さなかった。

それを指摘すれば今度は四将でバトルを始めるのがオチなので、ケンゴーは黙っておいたが。

†

手早く着替えたルシ子たちが「御前会議の間」に戻ってきて、話し合いが再開される。

なお三人とも髪はさすがに生乾きで、まだ憮然顔で会議机に着いたまま、侍女たちにタオルで拭かせているのが、絵面的にシュールだった。

レヴィ山も忍び笑いを漏らしながら、

「ライロック王が勇者だということでしたら、まずはそいつをどうにかするのが征服の第一歩になりますかね」

と真面目な議題提起をする。

ケンゴーはすぐさまその流れに乗っかって、

「確か一口に勇者といえど、その強さや能力はピンキリだということであったな？」

「御意です、我が君」

「口の端に上らせるのも畏れ多きことでございますが……歴代の魔王陛下の幾方かは憎っくき暗殺者どもの手にかかり、お隠れになっておられます」

「勇者の中でも最強格となればそのレベルです」

「恥を承知で率直に申し上げますが、そうとなれば小官の手に負える相手ではございません」

「もっとも、さすがにそのクラスは千年に一人いるかどうかでございますが」

ケンゴーの諮問(しもん)だったからか、不機嫌顔だったベル原やマモ代も一転、真摯(しんし)な表情と口調で解説に加わってくれる。

またレヴィ山が腕組みして、

「そういえば、こないだサ藤がボコられてた〝光の勇者〟も、嫉妬レベルの手練(てだ)れだったな」

「ぼ、僕は別にボコられてませんっ。お、お、怒りますよ、レヴィ山さんっ」

「まあ、そうムキにならんでもよかろ。あの復讐鬼(ジジイ)が難敵だったのは事実よ。仮に妾が戦っておれば、そうさな……十回に二回は妾が殺(や)られてもおかしゅうはなかったの」

「アス美であっても敗れかねんというのか？」

ケンゴーは驚きのあまり、目を剝いて聞き返した。

「この外見ロリはアタシら七将の中でも最弱だからね！」

「まあ、ルシ子の申す通りじゃ」

強い弱いにはさほどこだわりのなさそうなアス美は、ケロリとした顔で認める。

（だからってなあ……）

そのアス美も含めて七大魔将がどれだけ化物ぞろいか痛感するケンゴーにとっては、にわかに信じ難(がた)い話だった。恐くて仕方なかった。

震え声で確認する。

「ら、ライロック王がどれほどの勇者であるか、マモ代は知らぬか？」

「はい、我が陛下（マインカイザー）。申し訳ございませぬ、現国王はただの一度もいくさ場に立ったことはなく、その真価はヴェールに包まれておる次第で、小官も調べ上げることは叶（かな）いませんでした」

「ハン、マモ代の手腕とやらもたかが知れたな」

（そこ蒸し返さないでベル原アアアアアアアア）

危うく悲鳴を呑（の）み込むケンゴー。

だけど今度は一触即発となる前に、レヴィ山がいち早く議論を続けてくれる。

「そういうことですと、ぶっつけ本番で戦ってみるしかないですね」

ケンゴーも全力で流れに乗っかった。

「なるほど状況は理解したっ」

さすが空気を読むことにかけて定評のあるチャラ男。助かる。

「なんならオレちゃんが行ってきますよ？　言い出しっぺだし、相手がどんだけレベル高くても、のらりくらりと捌（さば）いて御覧に入れる自信はありますす」

「ほうほうレヴィ山の実力は折り紙付きだしなっ」

というケンゴーたちのやり取りを見て、会議机を挟んでマモ代とにらみ合っていたベル原も、小競り合いをしている場合ではないと考えたようだ。

「吾輩の脳漿に秘策アリ！」

「ライロック征服の任、この妾にやらせてたもれ」

「勇者が相手なら、ぼぼぼぼぼ僕にぜひ汚名返上の機会をくださいっ」

「魔界サイキョーのこのアタシなら、相手が千年に一人のヤツでも敵じゃないわよ！」

ベル原が勢いよく挙手したのを皮切りに、魔将たちが必死アピールを始める。

ハイハイハイハイ、やかましいことこの上ない。

ケンゴーがこの場で誰かをアサインしないことには、騒ぎは収まりそうにない。

いつものことだが――

（いつものことだが、今回は特に厳しい……）

黙考しながら渋面になるケンゴー。


仮にもし相手が、この間の〝光の勇者〟レベルで――

仮にもしケンゴーが、アス美に勅命を与えたとしたら――

二割の確率で、アス美は帰らぬ魔族となってしまう。

ケンゴーの選択が人死にを出してしまう！

そんな事態は絶対に避けねばならない。

（杞憂で終わるかもしれない。でも最悪の結果になってしまうかもしれない。……とてもじゃないが気軽に決めちゃいけない選択なんだ、これは……）

重い。重すぎる。

どんなに熟考しても、なかなか決断することができないヘタレチキン。

（さらに言うと、勝てればなんでもいいって問題じゃない……）

仮にもし相手が光の勇者レベルで、仮にもしケンゴーがサ藤を任命したとしたら――今度はリモーネ姫を庇う必要のないシチュエーションなのだから――そりゃあ「憤怒」の魔将が圧勝するだろう。

だが勝つのに戦略級魔法が必要だったので、百万王都ごと焼き尽くしちゃいましたテヘペロくらい言いかねないのがサ藤だ。

それはそれでケンゴーにとって一生モノのトラウマ。

また逆ケースで、「勇者王一人だけ上手に殺してきました！」「偉い」って話にもならない。

こっちが勝手に征服しに行くのに、犠牲者なんて一人も出したくない。

（ううん……その勇者王さんがなあ……せめて赤の勇者レベルならなあ……）

〝赤の勇者〟アレスとは二度相対し、ケンゴーも実際に戦う羽目となったが、彼なら七大魔将たちの敵じゃないというか、だいぶんあしらい易い部類に見えた。

そして、アレスのことを思い出して――

同時にケンゴーはハッと閃く。

会議中も中断中もずっと我関せずでメシ食ってる「暴食」の魔将を、クワッと凝視する。

「ベル乃よ！」

「……お腹空いた」

「そんな報告は要らんっ。てか今まさに食ってる最中だろ！」

ベル乃の前、会議机に堆く積まれた料理を指しながら、ケンゴーはツッコむ。

しかし、どこ吹く風で食事を続けるベル乃。

まったく脳の代わりに胃袋が入っているような奴だが、その実力にツッコミどころはない。

ケンゴーも最近だんだんわかってきたのだが、ベル乃とサ藤は強力無比の七大魔将たちの中にあって、さらに別格扱いされているようだ。

レヴィ山曰く——「身体能力」のベル乃、「魔法技術」のサ藤、とかナントカ。

またベル原曰く——ベル乃の怪力は魔界随一、頑健さも魔界屈指、だとか。

件のアレスに対しても、まるで赤子をあしらうように小指一本で圧倒していた。

しかも意外と手加減が上手だった。アレスを一方的にボテクリ回しつつ、うっかりオーバーキルしちゃうような兆候は見られなかった。サ藤みたいに、メチャクチャ強いけれど周囲まで焼け野原……みたいなことにはならなかった。

（まあ、あの時はベル乃がハラペコバーサーカーモードになって、最後は大惨事だったけど）

それも例えばケンゴーが傍で戦いを見守り、食料を召喚しつつ適時ベル乃にパスしてやれば、解決する問題だ。

あるいはその役をレヴィ山やマモ代に任せれば、よっぽどそつなくこなしてくれそうである。

（考えれば考えるほどベル乃が適任に思えてきた！）

慎重に脳内検討を続けた結果、満足のいく答えが得られてケンゴーは独りウンウンうなずく。

これは是が非でもベル乃に勇者王の対処をやってもらいたい。

「ベル乃よ、おまえに頼みがある！」

「……嫌（ヤ）」

「人の話は最後まで聞いてくださいっ」

「……お腹空くから嫌（ヤ）」

「話を聞くだけでカロリー消費はしないだろ⁉」

「……陛下はワガママ」

「どう考えてもおまえの方がマイペースですよねえ⁉」

大声でポンポンとツッコミさせられて、ゼイゼイと肩で息をするケンゴー。

しかしお願いするのはこちら側。

下手に出て、笑顔になって（どうしても引きつるが）、

「勇者王の相手、ベル乃に一任したいのだが……？」

「……やっぱりお腹空く話だった」

ベル乃が茹でたトウモロコシを芯ごとかじりながら、「ハァやれやれ聞くまでもなかった」

という態度をとる。

ム・カ・ツ・ク！

「そこをどうか頼めぬかな～～～～～～～？」

「……嫌なものは嫌」

「俺、イチオー魔王なんだけどね……？　エラい人らしいんだけどね……？」

「……魔王なんかより食べ物の方が偉い」

「⁉」

「……陛下は食べ物がなくても生きていけるの？」

「くっ　ベル乃のくせに上手いこと言いやがってっ」

妙に反論しがたい説得力を感じて、気圧されてしまうケンゴー。

ならばと切り込む方向を変えて、

「請け負ってくれたら、おまえがまだ食べたことのないような極上の美味を褒美にやるが～？」

「……具体的には？」

「くっベル乃のくせに警戒心が強いっ」

エサで釣ればすぐ食いつくと思ったのに、まさかの的確なツッコミ。

むしろ食べ物のことだからこそ、ベル乃は賢い対応ができてしまうのか？

（魔王直轄領で獲れる黄金の鴨も苺も、もう食わせたしな〜〜〜）

実は空手形だったこっちとしては、追及されると説得を続けられない。

（どうしてもダメか〜？　コイツにやる気を出させるのは不可能か〜？）

ケンゴーは懊悩で形相を歪め、額に手を当て、またその額から滝の汗を流す。

すると――

「ナニ情けない顔で言い負かされてるのよアンタは！」

「べ、べべっ、ベル乃さんも陛下に対して無礼ですよっ。おお怒りますよっ」

「そんな食うしか脳のないデカ女に恃まずとも、妾に一言お命じあれば、どんな任務でも夜伽でも二つ返事で了承ですぞ」

「ここはやっぱオレちゃんの出番だと思うんすよー」

「いいえ、御身の知恵袋たる吾輩に！」

――再び魔将たちがハイハイハイハイ、挙手を始める。

これでもかと伸ばされた手の主張が本当にやかましい。

（う～～～～～～～～～～～～～ん）

グイグイ来られたところで、どうにも食指が動かないケンゴー。

一度「コレダ！」と思ったアイデアには、つい未練がわくのが人の情というものだ。ベル乃以上に適任だとは思えなかった。

浮かない気持ちのまま、必死アピール中の皆の顔を見渡して——

珍しくマモ代が、大人しくしていることに気づいた。

いつもなら誰よりも功名心丸出しでハイハイハイハイ、やかましいのに。

今日はどうしたことか？　静かに目を閉じ、さりげなく挙手するその姿はまさに威風堂々、並々ならぬ自信を漂わせている。

「何やら考えがありそうだな、マモ代」

「はい、我が陛下（マインカイザー）。小官の献策をお聞きください——」

お声がかかりを待ってましたとばかり、マモ代は瞼（まぶた）を開くと不敵に笑う。

指揮鞭を一振りし、魔法で会議机の上に立体映像を作り出す。

脂（あぶら）ぎった汚ッサン（オ）の全身像だ。

身なりはいいけど笑顔が下卑（げび）てて、とにかくキンモい。

人を見た目で判断するのはよくないことだが、さぞあくどいことして稼いだんやろなあって偏見を抱かずにいられない人相である。

誰やこいつ？

「これが現**勇者王**レイナー五世です」

「ファッ⁉」

あまりに勇者像からかけ離れた汚ッサンを、ケンゴーは思わず二度見した。

「な、なるほど、こやつが今のライロック王であるか……」

「どうしていきなりこんな不愉快な汚物(モノ)を見せられなきゃいけないのよって思ったけど、そういうことなら納得したわ」

「ぼぼぼ僕も一瞬、キレ散らかしそうになりましたっ」

ルシ子とサ藤のひどい言い様。

でもケンゴーもおおむね同意だった。

「ライロック王は歴代ずっと暴君が続き、勇者としての超人的な力を笠に着て、悪政の限りを尽くしておるのですが、このレイナー五世は中でも非道を極めると陰口を叩(たた)かれております」

（あくどいことしてる予想は当たってたのか……）

「重税を課して民から搾取(さくしゅ)するのは当たり前。家臣たちにあることないこと罪を着せては領地や財産、果ては美しいと評判の娘や奥方まで没収するという有様で、国内はレイナー五世への怨嗟(えんさ)が渦巻いております」

マモ代が立て板に水をかけるように説明を続け、リズムよく指揮鞭を振る。

そのたびに立体映像のオッサンたちが一人、また一人と増えていく。

人相は様々。しかし全員、身なりがよく、立場のある人物であろうと窺わせる。

「こやつらは？」

「ライロックの有力貴族、且つレイナー五世に強い恨みや危機感を抱いている者どもです」

「既にこれほどの数を調べ上げてるたあ、さすがマモ代先生は用意周到だな。妬けるぜ」

レヴィ山がチャラーく片目をつむり、ケンゴーもウンウンうなずく。

「なるほど、見えてきたぞ……」

ベル原もM字髭をしごきながら独白した。

こちらは忌々しげな様子だった。マモ代と角を突き合わせたばかりの彼がそんな態度になるのだから、つまりはマモ代の意図を見抜いた上で妙策だと認めざるを得ないのだろう。

マモ代も勝ち誇った表情でベル原を一瞥し、それからまたケンゴーへ真摯な顔で向き直って、

「こやつらを使嗾し、糾合し、一大反乱を起こさせます。さらには民衆も扇動し、王城へ詰めかけさせて、レイナー五世へ退位を迫るのです」

「ほうほう！」

ケンゴーも得心がいって膝を叩いた。

個人としてどれだけ武力を持っていようが、家臣の一人も持たず、国民の一人もいない裸の王様など、まさに無力。明日の糧すら得られなくなれば、生きてはいけない。

部下たちのクーデターを常に恐れているケンゴーだからこそ、その脅威は実感できる。

「この貴族どももライロックの国民も、内心では王の退位を望んでおるのです。ただ反旗を翻すきっかけがないだけです。自分一人が勇み足を踏み、勇者の力を持つ王に返り討ちにされることを恐れているのです。ならば小官がそのきっかけを作ってやります」

「まさに妙案だな！　ただ……城にも近衛の騎士や兵らがおるのではないか？　民衆らと衝突して大惨事になりはしないか？」

「ご安心ください、我が陛下――」

と立体映像の一人にスポットを当てるマモ代。

四十路くらいだろうか？　何やら毅然とした人物だが。

「――こやつが近衛の将軍です。目に入れても痛くないほど可愛がっていた娘を、先ごろ後宮へ半ば強制的に召し上げられたことで、レイナー五世を恨み骨髄に思っております」

「人望なさすぎだろ勇者王！」

レイナー五世の下卑た人相を、ケンゴーは改めてまじまじと見る。

「近衛も味方しないなら、勇者王は本当に孤立するであろうな……」

「その上で魔界にそれなりの待遇を用意してやると取引すれば、レイナー五世も逆上して暴れ出すような真似は慎むでしょう。ゆえに無血での退位は可能、そして勇者王さえいなければ、ライロックが如何に大国であろうと我らに敵し得ません」

「うむ、これこそまさに徹底した事前調査の勝利であるな。でかした、マモ代。おまえに差配を任すゆえ、そのように進めてくれ」

「勅命賜りました、我が陛下（マインカイザー）！」

マモ代が凛々しい動作で起立と一礼をする。

「では諸君、小官は**大役が**あるゆえお先に失礼」

きびきびと退室していく間際（まぎわ）、もう一度勝ち誇った顔で一同を一瞥する。

レヴィ山とベル乃を除いた魔将たち全員が、額にぶっとい青筋を浮かべる。

「クッ。今回はマモ代に一本、とられたな」

「ベル原の申す通りじゃの。まあ見事な手腕と言わざるを得まいよ」

「まあまあね、まあまあ！」

「だからって今の態度はないと思いますっ。本気で怒っちゃいますっ」

「そう妬くなってサ藤！」

残った面々は、会議が終わったというのにワイワイガヤガヤ、くっちゃべる。

話題はマモ代への文句が九で、称賛が一の割合といったところ。

そんな騒々しさの中――

一人、ベル乃だけがどこ吹く風でまだメシを食っていた。

「……お腹空いた」

とか言いながら、どこまでもマイペースで。

他の面々と違って、マモ代に手柄をとられても、煽られても、気にした様子もない。

（思えばこいつの特殊さは際立ってるよな……）

そんなベル乃を眺めながら、ケンゴーは改めて考えさせられるのだった。

†

「なんでベル乃って、ああテコでも動かないんだ？」

会議の後、ケンゴーは乳兄妹に質問せずにいられなかった。

魔王城は最上階、自分の執務室のことである。

応接用のソファセットがあって、ルシ子と差し向かいで寛いでいる。

直属の侍女たちに命じて人払いはさせているので、ケンゴーが本性を出しても問題ない。

また本日の午後は、御前会議が長引いてもいいように他のスケジュールは入れていないため、ゆっくりできる。マモ代のおかげでその会議も早々に終わり、明日までずっと自由時間だ。

「ルシ子さん何か知ってる？」

「さあ？　お腹が空くからじゃない？」

「またそんなぞんざいな……」

どうでもよさそうに答えたルシ子に、ケンゴーは半眼になる。

「あいつがナニ考えてるのかなんか、アタシだって知らないわよ。別に仲良くないんだし」

会議でよほど気疲れしたのか、ソファに横たわってごろごろするルシ子。

「友達作るのも億劫そうだもんな、あいつ。ある意味、ベル原より怠惰だよな」

真似して自分のソファに横たわり、ごろごろするケンゴー。

「『暴食』の魔将家の人間って、全員ああなの？」

「ううん、それは違うわ。ベルゼバー大公家でも、アイツは相当の異端児扱いよ」

「え、そうなの？　意外」

「ベルゼブブ家の奴らは確かに食い意地張ってるし、アタシたちの軽く十倍は食べるけどね。それでもベル乃ほど燃費が悪くはないし、食べることが人生の全てって感じじゃないわ」

「へぇー！」

「どっちかってと、マモ代に似た奴が多いかな？　陰険で、狡猾で、せせこましい謀略と魔法が得意で――って代々そういうお家柄よ」

「なにそれベル乃と正反対じゃん」

ベル乃は食べること以外なーんにも考えてないように見えるし、謀略なんて水面下の努力が必要なこととも無縁だし、何より魔法がド下手くそだ。

ケンゴーが興味深く聞いていると、ルシ子が少し視点を変えて、

「魔将家は七つ全部、魔界でも名門中の名門だけど、それでも魔将家同士で比べ合ったら、やっぱり格の上下はあるわけ」

「まあ、世の中そういうもんだろうな」

「中でも魔界で最高の家格を誇っているのが、ウチのルシファー家なわけよ！」

「――と言いつつサ藤の家とツートップなんだろ？　確か初代魔王の実弟と次男が、それぞれの開祖なんだっけ？」

「あ、アタシは認めないけど、そう言い張る人もいるわねっ、ごく一部にっ」

うーんこの傲慢サン、相変わらず面倒臭え。

「他にもレヴィ山の家は一番新参なんだけど、開祖が〝暗黒絶対専制君主（ダークリヴァイアサン）〟って呼ばれた近代では別格の魔王だから、特別視されてるわね」

「なるほど、他は？」

「マモン家とベルフェゴール家とアスモデウス家はパッとしないわね！」

「……あくまで七大魔将家の中ではだな」

ルシ子の場合、天然で他人をディスる悪癖（あくへき）があるので、こちらは気をつけて聞く必要があるのだが、今回はレヴィアタン家を褒めているし、まあ真っ当な評なのだろう。

「特にアス美なんて、ママの方が有名なんじゃないかしら？」

「あー、なんかとんでもなく強くて、おっかない女傑だって言ってたなあ。甘いんだっけ？

辛いんだっけ？」

「アマイモン藩王よ！　ボケないでよ！」

「ボケてないんですが……」

本気で憶えきれないだけなんですが……。

「話を戻そう！」

「いいわ。それで『暴食（ベルゼブブ）』の魔将家の話になるんだけど、ここがウチとサタン家に次ぐ家格だって言われてるわけ」

「はぁん、そういう序列になってるわけか……」

ケンゴーは頭の中で整理する。

『傲慢（ルシファー）＝憤怒（サタン）＞暴食（ベルゼブブ）＞＞＞強欲（マモン）＝怠惰（ベルフェゴール）＝色欲（アスモデウス）（特別枠：嫉妬（レヴィアタン））』

という具合だろうか。

「万年三位のベルゼブブ家は、大昔からウチやサタン家を目の敵（かたき）にしていたらしいわ。アタシも先代（パパ）や先々代（おじーちゃん）から聞いた、受け売りだけど」

「魔族の感覚で大昔っていうと、どんくらいだろなあ」

「それこそ何千年もの間、ウチとサ藤んトコを蹴落（けお）としてやろうって、顔真（ま）っ赤（か）でアレコレとキタナイ策略を仕掛けてきたらしいわ。性懲（しょうこ）りもなく！　ナマイキにも！」

「千年単位っスか……」

さすが魔族の時間感覚は悠久長大ですね……。

「そりゃまた執念深いっていうか、因縁の相手だなあ。ベルゼブブ家」

あとマモ代に似ているとルシ子が言ったのも、感覚的に納得できる。笑えないけど。

「ハッ、やめてよね！　ウチとしてはただでさえ**格下**のサタン家にライバル視されて、ウンザリしてるのに。その上さらにベルゼブブ家みたいな**三下**にウザ絡みされたら、たまったもんじゃないわけ！」

それも先代、先々代ルシファーたちの受け売りだろうに、まるで当事者口調のルシ子さん。

過去の因縁はどうあれ、現「暴食」の魔将があぁなのだし、まだ十六歳のルシ子が直接的に被害をこうむったことはないだろうに。

（――てか、そう考えると奇妙だな）

ケンゴーはふと気づく。

「代々の『暴食』の魔将がそんな野心家だったらさ、先代の当主がベル乃みたいな人畜無害な奴に、よく後を継がせる気になったよな。実の娘とはいえ」

それこそ同じくらい野心家で、悲願達成が確実とは言わずとも見込みのありそうな後継者でなければ、お家を任せるわけにはいかないと考えるのが、普通ではないだろうか？

「ベル乃がこのアタシほどじゃないけどメチャクチャ強いのは事実だし、他の兄弟に見るべき奴がいなかったのも関係してるでしょうね。アタシたちが生まれる前の話なんだけど、ベル乃の『血のハラペコバーサーカー事件』とか有名だしね」

「それは反応に困るネーミングセンスだな……」

惨劇なんだか喜劇なんだか。

「まあ、両方よ。当時、ベル乃が十二歳くらいだっけ。原因は発表されてないけど、アイツがハラペコバーサーカー化しちゃって、それを止めるのに親兄弟一族郎党が総掛かりになって、もう大変だったたって。まだガキンチョだったアイツ一人に、だーれも敵わなかったの。アイツの兄姉なんて全員そろって血祭りよ」

「それだけ聞くと大惨事だが……」

ハラペコバーサーカーと化したベル乃を止めるのに、自分も相当の苦労をさせられたことを思い出して、ケンゴーは首を竦めた。

「不幸中の幸いに、死人は出なかったらしいのよね。ベルゼブブ本家の奴らや直臣連中だもの、さすがに雑魚じゃないわよね」

「でも他家から見たら笑い話だし、ベルゼブブ家からしたらいい面の皮、と……」

それで惨劇と喜劇の両方、と……。

「もうそのバケモンみたいに強かったベル乃を当主に立てる以外、面目を保てないってわけ」

「なるほど、そこは腑に落ちた」

しかしもう一点、新たに疑問がわく。

「だとしても急いで代替わりする必要はなくない？　先代も他に有望な子どもが生まれるまで引退しないで、当主の権力を使って権謀術数を企んでればいいじゃん？」

ベル乃は現在まだ六十歳代。

これは人族でいう十代後半、二十歳前に相当する。

だとしたら先代当主も、まだまだ若くて気力盛んなのではないだろうか？

「ああ、それは急いで代替わりしなきゃいけない事情もあったのよ」

これも受け売りだと断りながら、ルシ子が教えてくれる。

「先代『憤怒』の魔将――サ藤のパパが、サタン家の面汚しって言われてるの知ってる？」

「詳しくは忘れたけど、小耳に挟んだことがある」

どっかの偉い天使に敗れたとかナントカ。

「歴代サタンの中では特に与しやすい人だったのは間違いないから、ベル乃のパパも自分の代でサタン超えを果たすぞ！　って躍起になってたらしいのよね」

「まあ当然の考えだな」

生き馬の目を抜くというか。魔界の流儀はサツバツとしすぎて、ヘタレチキン的にはついていくのが辛いが。

「で、ベル乃の親父さんは悲願を果たしたのか？」

それで野心も収まりがついて、人畜無害の跡継ぎを許したとか？

「違うわ。サタン家打倒に夢中になってたらマモ代に足元をすくわれて、フツーそんな呪詛はかからないわよってレベルのやつにかかって、魔力を根こそぎあの強欲女に奪われて引退するしかなくなったの」

「足元お留守すぎィッ！」

思わずここにいない先代ベルゼブブに全力ツッコミするケンゴー。

無論、マモ代の術策や手管も秀逸だったのだろうが。

いやはや、人を呪わば穴二つとはこのことか。

やはり魔界は生き馬の目を抜く世界。

油断なく生きていこうとヘタレチキンは改めて誓った。


（ともあれ、ベル乃が当主の座を継ぐことができた理由はわかった）

そして、わかったらわかったで、また新たな疑問がわいてきた。

（地位向上のために何千年も躍起になってきたようなお家に、ベル乃みたいな無気力な奴が生まれて、あげく当主にまでなって……ベル乃自身はどう思っているのだろうか……？）

それこそケンゴーなんてヘタレチキンなのに、なんの因果か魔王家なんかに転生してしまい、日々悩まされているというのに。

ベル乃は違うのだろうか？

宿願を背負うだの、背負わされるだの、厄介なお家事情と無縁でいられるのだろうか？

大公家でもあのマイペースを貫いているのだろうか？


黙考するケンゴー。

でも、すぐに中断させられた。

――と。

「アタシの方こそアンタに聞きたいことがあるんですけど？」

対面のソファでごろごろしていたはずのルシ子が、気づけば隣にいたからだ。

同じソファでケンゴーと向かい合うように、寝転がっていたからだ。

「る、るし子さん……？」

にわかに狼狽し、声を上ずらせるケンゴー。

恐らく転移魔法を使って移動してきたのだろうが、いったい何を考えているのか。

魔王サイズとはいえソファはソファだ。ベッドと違って二人一緒に寝るにはとにかく狭い。

すぐ目の前に、ルシ子の花の顔と宝玉のように綺麗な瞳がある。見つめ合う。

もう乳兄妹の息遣いが感じられるほどの至近距離だ。

香水を使っているわけでもないのに、少女特有のいい匂いまでしてくる。

「き、聞きたいことって……？」

ケンゴーはドギマギしながら聞き返す。

「どうして、アンタは、いつも――」

「俺が……いつも……？」

「――アタシが手を挙げてんのに無視して他の奴ばっか指名すんのよおおおおおおおおっ」

「ギブギブギブギブ‼」

至近距離からスムーズに関節技をかけられて、ケンゴーは悲鳴を上げた。

別に痛くはない。ルシ子も本気じゃないし、魔族の肉体は素で頑丈だからだ。

ただ、全身と全身を複雑に絡め合うようなルシ子のオリジナル技は、別の意味で危険だった。

何しろ密着状態なんてもんじゃない。おっぱいといい、脇や二の腕といい、太ももといい、柔らかな乙女の肢体が惜しげもなく当たってる、当たってる。

まさに出血ならぬ悩殺大サービスだ。

このままではケンゴーの「甘おっき」した体の一部分が、「ガチおっき」になるのも時間の問題。そして主張の激しい状態になれば、この密着態勢でルシ子に隠し通すのは不可能だろう。

その時ケンゴーは肉体がではなく羞恥心が死ぬのだ！

「ギブううううっ！　ギブだってばああああっっっ！」

「じゃあなんでアタシだけ一回もアサインしないのか白状しなさいよ！」

「だっておまえ、プレゼンが下手なんだもん！　チョー強いアタシに任せなさいの一点張りで、一個も説得力がないんだもん！」

「ハアアアアアア⁉　説得力しかないんですがあああああ⁉」

「はい、〇点プレゼン！　次もおまえ留守番な！」

関節技を外そうとムキになるケンゴーと外されまいとムキになるルシ子で、ますますソファの上でくんずほぐれつ揉み合う。


しかもそこへシト音が登場！


「うふふふ。お二人は本当に仲睦まじくて、羨ましいです」

と紅茶セットの載った配膳ワゴンとともに、執務室へ入ってくる。

人払いが利いてないわけではない。シト音も同席予定で、ただ手ずからお茶を淹れてくれるために少し席を外していたのだ。

「べべべべべ別にこんな奴と仲睦まじくなんてないんですけどおおおおおお⁉」

「ギブーーーー！　マジ痛いギブーーーーーーーッ‼」

ツンデレを炸裂させたルシ子が、照れ隠しのあまりに見境をなくし、誤った力加減でギリギリ絞め上げてくる。

「レヴィ山兄さまが仰ってましたよ？　なんだかんだ結局、ケンゴーさまが最後に頼りになさるのがルシ子様だと。なんてステキなご関係かと、レヴィアタンでなくても妬けてしまいます」

「べべべべ別にそんな事実はないけど、そんなに羨ましいんならアンタも交ざれば？」

シト音の手放しの絶賛と羨望が、満更でもないのかルシ子はますます頬を染める。

こいつチョローい！

「よろしいのですか？　では私めも甘えさせていただきますね」

「ええ、いいわよ！　一緒にこいつを懲らしめるのよ！」

ルシ子の許可を得たシト音が、配膳ワゴンを置いていそいそとやってくる。

ただでさえ狭いソファに三人が寝そべって密着するという、ワケワカメな状態になる。

サンドイッチにされたケンゴーは悩ましいなんてもんじゃない。

まさに前門の巨乳、後門の巨乳。

その上、シト音が蠱惑的且つイタズラっぽい声音になって、

「ではケンゴーさま。僭越ながら攻撃させていただきますね。えい♥」

と背後からケンゴーの耳たぶを甘噛みしてきた。

「アーーーーーーーーーーーーーーーーーーーーーーーーーーーーーーッ」

未知の快感に襲われ、ケンゴーは絶叫した。

――と。


サイラント地方の平定が完了し、魔王城は今日も平和が続いていた。

草食系魔王（ヘタレチキン）には刺激的な日々でも、魔界のコモンセンスでは平和以外の何物でもなかった。

事実、殺伐さや血生臭さとは無縁であった。

またケンゴーの心にもどこか余裕があるのは、続くライロック攻めにおけるマモ代の作戦が実に見事で、平和裏に事を運んでくれるだろうという信頼があったからだ。

（言うてマモ代の作戦は搦（から）め手だけに、時間がかかりそうだからな。少なくとも一か月はこの調子で、世界征服（あらそいごと）に悩まされずにすむんじゃないか？）

ケンゴーにはそんな予感があった。

思わぬ長期休暇を得たような実感があった（内政のお仕事はあるが、そちらは苦にならない性格なのだ）。


そして、四日後――

「我が陛下（マインカイザー）、ライロックの征服が完了いたしました」

「四日で⁉」

報告に現れたマモ代の前で、ケンゴーは白目を剝くのであった。

第二章　勇者王の後宮

魔王城の外は殺人的な日差しが幅を利（き）かせる、八月五日。

「御前会議の間」に、再び七大魔将たちが集う。

ケンゴーは上座（かみざ）で今日も魔王風をビュンビュンと吹かせながら、

（一か月は休めると思ったのに、たった四日だよトホホ……）

と内心では大きく肩を落としていた。

（神様……俺（おれ）、なんか悪いことしましたか……？）

と今日も天を呪（のろ）っていた。

しかしマモ代（よ）の作戦は事実、時間を要する類（たぐい）のはずのもので、それがどうしてこんな電撃的な結果を出してしまったのか？

「小官にとっても大きな、そしてうれしい誤算がございました」

起立したマモ代が、一同の前で誇らしげに説明を始めた。

争いごとが苦手なケンゴーであるが、さすがに興味がわいて傾聴する。

「そもそも小官はライロックを事前調査した折に、分身体（かげ）をいくつか残しておりました。ですゆえ小官は魔王城にいながら現地の影を操るだけで、調略作戦に当たることができました」

「なるほど、ここからライロックへ行くだけで数日はかかるものな」

「吾輩も奇妙だと思っていたが、謎が一つ解けた」

「さすがマモ代だ、手際がいいぜ。妬けるぜ」

魔将たちの喝采に、ケンゴーも一緒になってうなずく。

マモ代も満更ではなさそうな顔で、調略の具体的な説明を始める。

「まず一日目、小官は例の近衛将軍を抱き込みに参りました――」

いざ貴族たちの私兵や民衆が城に詰めかけた時、勇者王を警護する近衛軍が立ち塞がるか、逆に味方となってくれるかは、クーデターの成功率を大きく左右する。

（もし俺がその立場だったらって、想像しただけで泣きそう。七大魔将までみんな裏切って、襲い掛かってくるわけだろ？　死ぬわ）

だから先に近衛の将軍を口説き落としておけば、以降の同志を募るハードルが下がる。

マモ代の判断は正しい。そつがない。

「続く二日目、小官はボルトーン公爵なる人物を唆しに参りました――」

ライロックの貴族たちにも、連盟を組むことで勇者王に少しでも対抗し、自分たちの権益を守ろうという組織が昔からあるらしい。

ボルトーン公爵はその現盟主で、多くの貴族に顔が利くのだと。

ゆえに彼に造反を吹き込めば、芋づる式に有力者たちがクーデターに参加してくれる。

(これも魔界だったらルシファー家やサタン家が相当するのかな……)

両家とも有力な分家や陪臣を多数持つ、派閥の長だ。

たまたまルシ子やサ藤が協力的なおかげで事なきを得ているが、もし片方でも見限られたらケンゴーは死ぬ。

勇者王さんにとってはもしもの話じゃないので命が危ない。

「そして三日目、小官はライロックにおける天帝教の総本山に忍び込み、大司教を誑かそうといたしました――」

(これは魔界じゃ誰が相当するか知らんけど)

信仰心の大小に差はあれ、人族は総じて天帝教徒であるから、その宗教的権威である大司教を味方に引き込むことができれば、民衆を扇動するのも容易いに違いない。

マモ代さん、勇者王の追い詰め方がまぢハンパない。ヤクザも真っ青。

「――ところがそこで、意外な人物が小官を待ち構えておりましたのです」

「ほう。というと誰かの？」

「もったいぶるなよ、マモ代」

ケンゴー同様、興味津々の様子で聞いていたアス美とレヴィ山が急かす。

マモ代も少し得意そうに答えを明かす。

「現勇者王レイナー五世、その人だ」

「ハァ⁉　なんでそんな展開になるわけ⁉」

「ははは話を盛(も)ってるんでしたら、お、怒りますよっ」

ルシ子とサ藤が半ばびっくり、半ば懐疑的に問い質(ただ)す。

ケンゴーとしては素直に驚いている。早く先が聞きたい。

マモ代は皆の注目を気持ちよさそうに浴びながら答えた。

「レイナー五世が〝千里眼の勇者〟だったのだ。その能力で常日頃(つねひごろ)から、ライロック国内各所を広範に監視していたのだ」

「なるほど、情報能力に特化した勇者であったか」

一を聞いて十を知る智将ベル原(はら)が、得心がいったように膝(ひざ)を叩(たた)く。

「だから、どういうことだってばよ」

「いちいちもったいぶるのう」

「いい加減、ぼぼぼ僕たちも怒っちゃいますよ？　いいんですか？」

「……お腹(なか)空いた」

ベル原ほどには聡(さと)くない他(ほか)の魔将たちが、子どもみたいにテーブルを叩きながらせがむ。

マモ代はここぞとばかりの教師口調で、

「わからんか？　レイナー五世はその『神威の眼(ザ・クレアヴォイアンス)』で、小官が有力者らを調略して回っていることを察知し、また小官の正体が『強欲』の魔将であることも看破し、クーデターが勃発する前に先手を打ってきたのだ」

「さっき言ってた近衛の将軍とかナントカ公爵を粛清したとか？」

「あるいはおまえさんに一騎討ちを挑んで、元凶を断とうとしたとか？」

「クク、どちらも違う」

「では何だと申すのじゃ！」

「……お腹空いた」

「つまりはこういうことだよ――」

と、ベル原が皆の注目を奪った。

調子に乗って僚将たちを弄ぶようなマモ代の物言いに、辟易したようだ。

答えを正確に推理した上で、先に明かしてしまう。

「――レイナー五世は先手を打ち、我が魔王国への恭順を申し出るために現れたのだ」

「ハァ⁉　何もしないうちから勇者王自ら降参したってわけ⁉」

「そのようなことがあるかのぉ？」

「だが、ベル原が正解だ。小官も最初は驚いたがな」

教師が生徒を褒めるような口調でマモ代が言った。

その上から目線にベル原は喜ぶどころか、気分を害した様子で代理説明を続ける。

「レイナー五世からすれば、恐らく他に手段がなかったのだ。件の将軍を斬首しようが、公爵を処断しようが、問題の根本解決にはならない。日頃の悪政のツケだからな、自分がどれだけ方々で恨みを買っておるか、『神威の眼』を使わずともよく知っておるのだろうよ」

造反を企んでいる者を正確に発見できたところで、処刑した端からマモ代が新たな有力者を唆しに行くだけ。いたちごっこ。

せっかくの「神威の眼」も宝の持ち腐れというわけだ。

「クーデターを防ぐ方法は唯一つ。先ほどレヴィ山も触れていたが――元凶を断つしかない。しかし情報能力に特化しているであろうレイナー五世は、個人としての武勇に自信がないのだ。腐っても勇者ゆえ、脆弱な人族相手なら一騎当千の武者働きもできようがな。マモ代が『強欲』の魔将と知り、到底敵わぬと尻込みしたのだ」

つまりは勇者王には、独力でマモ代の策略を打破することが不可能という話になる。

「であらばさっさと降伏して、少しでもマシな待遇を引き出すよう交渉に入った方が、賢いというものであろうな」

「情っさけな！　アタシだったら舌を噛んででもマモ代に一矢報いてやるのに！」

「舌を噛んだらルシ子が一人で死ぬだけだろ。そこは刺し違えとけよ」

勢いだけはある傲慢サンの失言に、レヴィ山が噴き出しながらツッコむ。

「いやはや……勇者王と申すから身構えたというのに、蓋を開けてみれば拍子抜けじゃな」

（ホンマな！　こないだの会議で俺がさんざん悩んだのはなんだったんだよ……）

アス美のぼやきに内心で激しく同意するケンゴー。

その一方で、杞憂ですむならそれに越したことはないという想いも。

「どうして四日で征服が成ったのか——状況報告は以上です、我が陛下」

マモ代がケンゴーに対してだけは、神妙な顔つきになって一礼した。

「小官の策が優れていたというよりは、レイナー五世の惰弱が招いた顛末にございますな」

「いやいや、そう謙遜するでない」

ケンゴーは半分ヨイショ、半分本音でマモ代に言った。

〝千里眼の勇者〟は、あたかも将棋で盤面を覗き込むように、マモ代の調略作戦を完璧に俯瞰してみせた。

結果、「どうあがいても三十手で詰んでるじゃん」と判断するに至り、投了した。

つまりはその策略を作ってみせた時点で、マモ代の手腕が優れていることに他ならない。

またレイナー五世も知恵者だからこそ、即時降伏に踏み切ることができたといえる。これが凡庸な男ならば無駄な抵抗を続け、造反者たちを見つけては粛清を繰り返しと、無為の血を大量に流した可能性が高い。

そう考えれば両者とも天晴、スピード決着様々。拍子抜けと思ったのが誤りで、賢者同士の戦いとは、かくも小気味良いものかとケンゴーは思えてくる。

（ただの脂ぎった汚ッサンじゃなかったんだな）

レイナー五世の下卑た笑顔を反芻しながら、考えを改めさせられた、

そして、

「件のレイナー五世ですが、以後は我が陛下に忠誠を誓い、まめまめしくお仕えするためにも一度、陛下の御尊顔を拝し奉りたいと申しておるのですが」

「うむ、よかろう。余も興味が出たところだ」

恐縮の体のマモ代に、ケンゴーは鷹揚の態度で首肯する。

マモ代はさらにしかつめらしく続け、

「誠に畏れ多きことですが、レイナー五世が我が陛下にライロックまでぜひ御足労願いたいと、重ねて申し上げております。後宮を挙げ、ご歓迎の宴をご用意奉るとの意気込みで」

「なに、後宮とな」

「代々の勇者王がそろって好色のようで、ライロックの後宮はなかなかのものでございました。現在も千人からの美姫が仕えておるようです」

「これも天帝の血の為せる業じゃろうな。勇者どもは例外なく女好きなのじゃ」

色欲のエキスパートたるアス美が口を挟んだ。

（そういえば赤の勇者（アレス）サンも女ばっかでパーティー組んでたし、仲も良さそうだったよな）

ヘタレチキンのケンゴーとしてはハーレムと聞いて羨（うらや）ましさを覚えるよりも、複数の女性のご機嫌取りに苦労し、また翻弄（ほんろう）させられる様を生々しく想像してしまい、他人事（ひとごと）なのに気後（きおく）れを感じるばかりである。

一方、魔将たちはまた別の感想を抱いたようだ。

「ハァ？　その汚ッサン、まさか愛人たちにケンゴーを接待させて、色仕掛けで懐柔しようって魂胆じゃないでしょうね！」

「さささ人族（サル）どもの女を何千人集めようとも、ケンゴー様が見向きなさるはずもないのに！　ぶぶぶ侮辱（ぶじょく）ですよ！　ぼぼぼ僕、本気で腹が立ちました！」

「なー。我が君のお側にはウチのシト音（ね）を筆頭に、魔界でも錚々（そうそう）たる美女がとっくにお仕えしてるってのになー」

「ハハハ、レヴィ山の妹バカがはじまったぞ」

「……お腹空いた」

「これは妾（わらわ）らも主殿（あるじどの）に同行するしかあるまいよ。サルどもと妍（けん）を競うのも業腹（ごうはら）じゃが、分際というものを調教してやらねばならぬ」

「家畜を躾（しつ）けるのは最初が肝心だからな」

——と女性陣、男性陣を問わず、すごい剣幕である。

（でも俺からしたら大歓迎。ぜひ同行して欲しい）

仮に本当に美女たちに誘惑された場合、毅然と突っ撥ねる意気地がない。

一人も寄せ付けないよう、魔将たちが監視してくれる方がありがたい。

魔将たちの方も「いざ全員でライロックへ！」と盛り上がる。

ところが――

「水を差してすまないが、七将全員でライロックへ赴くというのは、如何なものかな」

と苦言を呈す者がいた。

一人、冷めた態度のマモ代である。

「ハァ？　何が問題あるってのよ仕切り屋！」

「サイラント地方の三国は、政治的には征服が完了した。しかし、まだ守護聖獣の問題が片付いていない」

「む。そうか」

「確かに……」

マモ代の言葉に、はしゃいでいた魔将たちが納得して口ごもる。

守護聖獣というのは、魔王軍の侵攻を阻むため、天帝が人族各国に配置した対抗手段である。

ベクター王国ならユニコーンという具合に、王家の紋章にも祀られている。

普段は地の底で何百年でも何千年でも昏々（こんこん）と眠っているが、魔王軍の気配を察知することで目覚め、襲ってくるのだ。

しかしこの守護聖獣、完全に名前倒れというか詐欺（さぎ）臭くて、人族の生命や国家体制を守ってくれる気はさらさらない。

さすがは「現世利益は甘え」「でも信仰しない奴（やつ）は殺す」がモットーの、天帝サマ関係者。

魔王軍がその土地を征服した後で、ノコノコと出張（でば）ってくるという始末なのだ。

そして守護聖獣の覚醒（かくせい）は、統計的に一週間から一か月後ほどだとか。

暦（こよみ）に照らし合わせれば、八月から九月半ばにかけてのどこかという話になる。

「ライロックまで行くとなれば、それなりの遠征だ。その留守中に守護聖獣が目覚めることがあればコトだぞ?」

「これはマモ代が正論だな……」

「もちろん守護聖獣如（ごと）き、我ら以外の誰かに委（ゆだ）ねるという手もあるが」

「い、嫌ですっ。ぶぶぶ部下任せなんてできませんっ」

「妾の手で屠（ほふ）って主殿に褒めてもらうんじゃ!」

「であらば三国それぞれにつき一人、残るべきだと小官は思うがな」

マモ代の提案に、どこからも異論が出ない。

満月の夜が来ていないため、魔王城が未(いま)だベクターに留まっているのも、フットワークが重くなる原因になっている。

「いやはや、今上(きんじょう)陛下が偉大にすぎるのも考えものだな！」

「然様(さよう)。ケンゴー様の御代(みよ)になってこうも世界征服が順調じゃと、『魔王城転移ノ儀』の方が追い付かぬ」

「いや困った、困った」

などと言いつつ魔将たちが、ニコニコしてケンゴーに尊敬の目を向けてくる。

だからおまえたちの手柄だろ！

「ともあれ留守番役を決めないとね！」

「三人が貧乏クジか。また揉(も)めそうじゃの」

「いやいや、女性陣だけで我が君にお供してこいよ。ホインガーにベル原、バーレンサにサ藤、そんでカフホスにオレちゃんが残るからさ」

「なるほど、征服レースの時と同じ国を担当するのであるな」

「ぼ、僕も賛成ですっ」

「だがよいのか、レヴィ山？　その理屈だと小官がカフホスを担当すべきだが」

マモ代の確認に提案した本人が、なんのと首を振り、

「ああ、オレちゃんが代わってやるよ。我が君の周りにはこんだけ美女がそろってんだぜって、

一発カマしに行くんだからな。マモ代も同行しなきゃ嘘だろ？」

「クク、褒めても何も出さんぞ？　だが代わってくれるのは素直にありがたい」

「そんかしウチのシト音が我が君にお供するのも認めろよ。今度はハブるなよ」

「承知した。その程度で貸し借りなしなら、小官も願ったりだ」

——と。

ワイワイガヤガヤ、皆が話し合った結果そうなった。

レヴィ山、サ藤、ベル原がサイラント地方でお留守番。

ルシ子、マモ代、アス美、ベル乃、シト音がケンゴーとともにライロックへ赴く。

「ゆっ、勇者王風情サルに謁見を賜るのに、けけけケンゴー様が殊更に気を張る必要なんてないと思うんですっ」

「ぜひ小旅行だと思し召して、ルシ子たちと楽しんできてくだされ」

「道中の身の回りのことは『おはよう』から『おやすみ（意味深）』まで全部、ウチのシト音にお任せくださいよ是非～」

と、レヴィ山たちが気持ちよく見送ってくれた。

「うむ、その言葉に甘えるとしよう」

ケンゴーもありがたく羽を伸ばしてくることに。

元々、一か月は休暇がとれると皮算用していたところなので、気持ちがもう夏休みモードなのだ。働きたくないでござる状態なのだ。

（ライロックがどんな国か知らないけど、探せば見どころも遊びどころも美味しいものもあるだろ。なくてもルシ子やみんなが一緒なら楽しいだろ。第一、人界ならアザゼル男爵ンとこに行った時みたいな、ヤベエ騒動も起きないだろうしな）

まだ見ぬ異国に想像を巡らせるだけで、早や気分が浮かれてくるケンゴー。

そう――
まさか大事件に巻き込まれるなどとは、夢にも思っていなかったのである。

†

勇者王の後宮は、なるほど規模といい内装調度といい、豪華絢爛を極めたものだった。

魔王城を発って五日後。魔法仕掛けの馬車でライロック王都ヴィラビレに到着したケンゴーは、大いに感嘆させられた。

魔法文明を持たない人界の建築技術は、魔界のそれに比べて遥かに未熟。しかしだからこそ、体育館が二つはすっぽり入ってしまうくらい高くて広いメインホールといい、そこいっぱいに敷かれた一枚物の絨毯（芸術的に精緻な刺繍入り）といい、度肝を抜かれた。

この後宮一つの建造に、どれだけ大勢の人間の労力がかけられているのか、大金が投じられているのだろうかと想像すると、気が遠くなりかけたのだ。

魔王様ご一行を歓待する宴は、そのメインホールで催された。

五、六人が一緒にもたれかかることができる、巨大なクッションがあちこちに置いてあり、広間中央にある一つをケンゴーは勧められた。

対面には、勇者王ことレイナー五世が。

マモ代の立体映像で見たよりも迫力のある肥満体を、クッションへ沈めるように預けている。

既に宴(えん)もたけなわ、ケンゴーたちは酒と料理をたらふくいただいていた。

皿や杯は全て、絨毯の上に直(じか)に並べて供されている。通常、この手の会見で求められる厳格な食事作法等は忘れて、寛(くつろ)いで飲み食いしようというスタイルだ。前世で普通の高校生だったケンゴーとしては、正直ありがたい。

レイナー五世も食べるわ食べるわ、飲むわ飲むわ。

脂ぎった巨体は伊達(だて)ではなかった。

しかも後宮仕えの美女たちを侍(はべ)らせている。

左右からしな垂れかかっているのが二人、料理や酒を甲斐甲斐(かいがい)しく口に運んでやる係が二人の、常時四人体制。

それが入れ替わり立ち替わり、とっかえひっかえの贅沢なローテーション。

レイナー五世は彼女らの豊満な肢体を両脇に抱え、柔肌をまさぐり、時に濃厚な接吻を交わし、美食と美酒と美姫の唇を順繰りに味わっていた。

マモ代の話では、この後宮には美女ばかりが千人もいるらしい。

本来は男子禁制で、招待されたケンゴーが特例。

メインホールまで案内してくれたのも、料理や酒を切らさないように給仕してくれているのも、そこら中をうろついているのも、みーんな美女、美女、美女。

しかも全員、下着みたいな上下に薄絹を羽織っているだけの半裸状態なので、ヘタレチキンは目のやり場に困る。

（まさかハーレムなんてもんを、リアルで目の当たりにする日が来るとはなあ……）

などど妙な感慨まで覚えさせられる。

するとだ——

「くくく。主殿もいずれ参考になるのではあるまいか？」

とアス美が人の心を読んだようにからかってきた。

左側から童女のような背徳的な肢体を、ケンゴーへネットリと押し当てるように寄りかかり、また耳元で甘く囁くようにする。

さらには——

「はい、ケンゴーさま。お口を開けてくださいませ。あーん♥」

とシト音が笑顔を浮かべて、銀製の杯を口元に運んでくれる。

さっきからずっと彼女に食べさせてもらっていて、ケンゴーは指一本動かしていない。

とどめに――

「べべべべべべ別にアタシはケンゴーのことなんかちっともなんとも思ってないんだから！　これは人族風情に舐められないための示威行為以外の何物でもないんだからね！」

とルシ子がツンデレを爆発させつつ、右側からべったり体重を預けてきた。

レイナー五世が会食の場にもかかわらず、美女たちとイチャイチャするのを見て、すっかり対抗意識を燃やしているらしい。

確かにルシ子たちがついてきたのは、後宮の誘惑に対する牽制だ。

そして実際、給仕に現れる美女たちが尽くケンゴーに秋波を送ってくる。「親しくお側仕え」する隙を虎視眈々と狙っている。きっと勇者王に言い含められているのだろう。

なのでルシ子らが防波堤になってくれるのは助かるのだが、だからといってレイナー五世の食事作法まで真似する必要があるだろうか？

「いと穹きケンゴー魔王陛下は、女に困っても飢えてもおらぬのじゃ」

「この通り、私めたちが日頃より『親しくお側仕え』しておりますので」

「それともアンタら一山いくらの女が、このアタシの美貌に勝てるつもりかしら！」

とすっかりノリノリで、ケンゴーをハーレム王にしてくれる女性陣三人。

魔族の旺盛な闘争心が遺憾なく発揮されている。

ケンゴーとしてもこの状況を、うれしくないと言えば嘘になる。

でも、どうせ手を出す度胸のない草食系魔王には、煽りに煽られた情欲をしかし発散させる場所がないという、困った状態でもあった。

「余も城ではいつもこんな状態ですが？」とばかりに魔王風をビュンビュン吹かし、ルシ子らのご奉仕をさも当然の如く受けながら、内心では素数を数えていた。


なお同行者はあと二人いるわけで――

ベル乃はすぐ隣にも巨大クッションを用意してもらい、一人で占拠すると、黙々とご馳走を平らげていた。

ルシ子らの媚態を見てもどこ吹く風。いっそ感心するレベルのマイペース。

逆にベル乃のブラックホールみたいな食欲を知らない、後宮の美女たちが振り回されていた。運んでも運んでも食事と酒が足りず、お代わりを要求され、もう汗だくで給仕していた。

一方、マモ代はさらにクール。

出席こそしているが、宴の空気には参加せず、食事もとらない。

魔王からも勇者王からも距離をとり、だが両者の中間地点という場所に立っている。

今回、マモ代は仲立ちとなって、レイナー五世をケンゴーに紹介するという役割。任務に忠実な鉄の女は、あくまでもその立場を全うしているのだ。

そして、

「改めまして、我が陛下――レイナー五世の申し出を、ご検討いただきたく存じます」

ケンゴーらの腹がくちくなり、食事のペースが鈍ったのを見計らい、如才なく促してくる。

愛人たちとイチャついていたレイナー五世も、すぐに殊勝な顔つきに変わる。

その美女たちも空気を読んで離れていき、一人となった勇者王は平伏して訴えた。

「ケンゴー魔王陛下に伏してお願い申し上げます。この臣めをライロックの代官として、以後も国の統治をお任せ願えないでしょうか。無論のこと心を入れ替え、魔王陛下のお望みに叶う賢政をお約束いたします。臣の持つ勇者の力を活用し、今や御身の所有物となりましたこの国と民を一層、栄えさせるよう邁進いたします」

と、熱弁を振るう。

レイナー五世の希望自体は事前に、マモ代を通じて聞いていた。今回、本人の口から改めてという格好だ。

「ふむ……。皆はどう思う？」

ケンゴーはまず自分で一考するふりをした後、さも臣下の意見をよく容れる名君の如き態度と度量を演じ、周囲に諮る。

「サルどもの管理なんて面倒事、ボスザルにやらせればいいんじゃない？」

ルシ子が酒杯片手にさばさばと答えた。

手に入れた後の人族国家など、本当にどうでもよさそうだった。

「どなたにでもチャンスを差し上げることは、ケンゴーさまのお優しいお心根にも適うことかと思います」

シト音が自分とケンゴーの杯に酒を注ぎながら答えた。

普段、彼女は政治に口を挟むことを慎んでいるが、今日はケンゴーが目を向けたので、控えめな態度で答えてくれたのである。

「そうじゃ、試しにやらせてみればよろしかろうぞ。ダメじゃったら二、三年で**物理的**に首を挿げ替えればよいだけのこと」

アス美が酒で唇を湿しながら答えた。

極めて長い寿命を持つ魔族にとり、二年や三年は物の数に入らない。言葉は物騒だが正論に聞こえた。

なおベル乃に聞いてもどうせ「お腹空いた」しか言わないだろうから聞かない。

ケンゴーはレイナーⅠ五世に確認する。

「本当に心を入れ替えるのだな？」

「はい、魔王陛下！　この首に懸けましても！」

「この後宮には無理やり召し上げた娘たちがおると、耳にしたが？」

「既に解放してございます！　この場におる者たちは皆、本人が望んで残った者ばかりで！」

調べさせればすぐバレることだし、嘘はついてなさそうだった。

「もし我が陛下（マインカイザー）の勅命（ちょくめい）とあらば、小官が責任を持ってこの者の監督を務めましょう」

とマモ代も請け負ってくれる。

それでケンゴーも腹が決まった。

「あい、わかった。そなたをライロックの代官に任ずるゆえ、まずは三年、立派に務め上げてみせよ」

「ははーッ、ありがたき幸せ！」

勇者王が感謝感激のていで、平伏したまま額（ひたい）を絨毯へこすりつける。


その後は再び歓談となった。

レイナー五世が美女らと戯れ、ルシ子たちが対抗意識剥（む）き出しでケンゴーに抱きついてくる。

マモ代だけが一歩、引いたところで直立不動。仲介役だからという以上に冷ややかな目で、勇者王の痴態を監視している。

彼女が気を張り続けてくれている分、ケンゴーたちがいくら気を緩めてもよい——そういう配慮に違いない。

　そんな忠臣マモ代さんに甘えて、ケンゴーはお酒を何杯もいただく。

　正直、アルコールは苦手なはずだった。

　前世では未成年だったから飲んだことはないし、今世では魔王然と振舞う必要性で口をつけはするものの、酒独特の苦みや渋み、あるいは喉（のど）を焼くようなあのフレーバーがキツい。麦酒、葡萄酒（ぶどうしゅ）、琥珀酒（こはくしゅ）……何を試しても同じだった。

　ところが今、饗（きょう）されているこの酒は、ケンゴーの子ども舌にも合った。

　乳酸飲料のような爽（さわ）やかな味わいが口の中を刺激した後、百花が繚乱（りょうらん）するような複雑な香りが広がり、しかし喉を通るころにはあたかも雪解け水の如く潔（いさぎよ）く「スッ」と後味が消える。

　これならケンゴーでも何杯でも飲めそうだった。

　いや、ルシ子ら女性陣にもバカ受けで、お腹もいっぱいになってきた後の、デザート代わりに嗜（たしな）んでいた。

　万事、控えめなシト音でさえ、お代わりが止まらぬ様子だった。自分のを含む、全員の酒杯に忙しく酌（しゃく）をして回っていた。

　未だ食い続けているベル乃などは当然、水代わりに鯨飲（げいいん）している。

「いや参った！　この酒には脱帽だな！」

　酔って気が大きくなってきたケンゴーは、声まで大にして絶賛した。

「ありがとうございます、魔王陛下。当家が代々御用達にしております酒造が、一年にたった千瓶だけ製造するという銘酒にございまする」

「いわゆるロイヤルワラントというやつであるな！」

ケンゴーはまた一杯、飲み干すように舌鼓を打つ。

（魔界にも本気で探せば、俺の口に合うお酒があるのかな？　そしたらケンゴー御用達ってなるのかな？　なんか憧れる響きだな？　いやいや、ちょっと調子に乗りすぎかな？）

などと、酒で気が大きくなっていながら、まだそんなさもしい悩み方をする小市民。

酔いがさらなる酔いを呼ぶのが、アルコールの恐ろしいところだ。

ケンゴー、ルシ子、シト音、アス美、ベル乃――全員、加速度的に酒量が増えていた。

マモ代一人が冷ややかに、酒宴ムードの外から様子を見ていた。

逆にケンゴーなどもはや酔眼。完全な視野狭窄状態。


右にいるルシ子を見やれば――

「ごめんねえええええケンゴーいつも素直になれなくてごめんねえええええっ。アタシだって本当はアンタのこと嫌いじゃないのおおおおおっっ。だからアタシのことも嫌わないでよお願いだからあああああああっっっ」

（ルシ子、おまえ泣き上戸だったんか……）

正面にいるシト音を見やれば——

「でもケンゴーさまのつれない態度もよろしくないと思いますっ。殿方なのですから、大切な乳兄妹を抱きしめて離さないような甲斐性があってもよろしいはずですっ。ルシ子様に申し訳なくはないのですか、ケンゴーさまっ。そこに正座して反省なさってくださいっ。たとえ私めでも怒る時はあるのですからねっ。いいのですか、本気で怒っちゃいますよ、ケンゴーさまっ」

（シト音が怒り上戸だったとは意外な……）

左にいるアス美を見やれば——

「ギャハハハハハハハ！　や、やめてたもれ、シト音！　その物言い、まるでサ藤ではないか！　怒る怒る詐欺ではないかブハハハハハハハハハハハハハハハ‼」

（こっちは笑い上戸かよ……）

最後にベル乃を見やれば——

「……お腹空いた」

（うん、キミは平常運転だね……）

四者四様の酔っ払い方を眺め見て、微笑ましくて堪らない。ニヤニヤが止まらない。

しかし泥酔しているのは他人事ではなかった。

ケンゴー自身、気づけばあくびを嚙み殺す回数が増えている。

(俺、酔うと眠くなってくるタチなんだよな……)

自覚してしまったせいか、急に目までショボショボしてくる。

その目でふと、対面のレイナー五世を見やった。

そして、奇妙な光景を目の当たりにした。

肥えた汚ッサンが、クッションに埋もれるようにもたれかかっていたはずなのに——

正反対の美少女が、いつの間にかそこにいた。

小生意気そうな顔立ちの、長い舌にタトゥーを入れたメスガキだ。

そいつが勇者王と同じ場所、同じ姿勢、同じ表情で、周囲に侍らせた美女たちと戯れていた。

(は……？　え……？)

目を疑うような光景に、ケンゴーは困惑頻り。

瞼をゴシゴシとこすってから、もう一度矯めつ眇めつした。

すると、どうだ。

ちゃんと脂ぎった汚ッサンが、美女たちとイチャつく不愉快な姿が見える。

舌にタトゥーを入れたメスガキなんかどこにもいない。

(俺、酔って見間違いでもしたのかな……？)

しかし、いくら泥酔したとして、メスガキと汚ッサンを見間違えるだろうか？

（……ダメだ……眠い……頭が働かない……）

ケンゴーは自分の頰をバシバシと叩いて、気合を入れようとする。

だが眠気は一向に去らない。

どころか、いつの間にかルシ子やシト音、アス美まで酔い潰れていた。

気持ちよさそうな彼女らの寝顔が、ますますケンゴーの眠気を誘った。

（いやいやいや、俺まで寝ちゃうわけにはいかないだろ……）

招待を受けた主賓なのだ。せめてレイナー五世に一言断り、ちゃんと挨拶を交わしてから、自分の足で寝室まで移動して寝るべきだ。それが魔王の威厳というものだ。

…………。

……………。

………………。

…………………。

（ハッ、俺いま意識が飛んでた⁉）

激しく首を振って眠気を追い出そうとする。

でもダメ！　ますます酔いが回るだけ。

気づけばもう絨毯にうつ伏せに倒れていたケンゴー。

せめて挨拶だけでもと、瞼の閉じかけた目でなんとかレイナー五世を見やる。

だがそこにいたのは、やっぱり肥えた汚ッサンではなく舌刺青の美少女だった。

また入れ替わっていた。

「見事に全員、酔い潰れたみたいですよ、お屋形様☆」

アス美のそれより甘ったるく、わざとらしいキャンディーボイスで少女は言った。

さらには周りに侍っていた四人の美姫たちが、まるで木偶人形のような雰囲気に変わる。目の焦点を失い、糸で操られるようなぎこちない所作で、その場を離れていく。

代わりにメスガキの隣に立ったのは——マモ代だった。

「当たり前だ。マンモン大公家秘蔵の神酒を振舞ったのだ。魔王であろうと抗えるものかよ」

勝ち誇るように口角を吊り上げて言う、「強欲」の魔将。

少女もきゃらきゃらと大笑いし、

「これだけ泥酔してくれれば、いくら魔王様や魔将閣下の皆様が相手でも、エイミーちゃんの魔法が効くと思いますン☆」

「ならば、さっさとやれ。貴様の方が小官の時間を奪うなど、この『強欲』が許さん」

「ハーイ☆　設定は予定通りでいいですか?」

「予定通りだ。我が陛下には無力な一市民となっていただく。隣に住む美しき四姉妹と、平凡で幸せな人生を送っていただく」

「エイミーちゃん、りょうかーい☆」

メスガキは刺青を入れた舌で唇を舐めずると、呪文（じゅもん）の詠唱を始める。

それをマモ代が冷ややかに見守る。


ケンゴーはそれら一連の状況を目の当たりにして――

（あ、これ夢か……）

と判断した。

頑張って睡魔に抗っていたつもりで、自分はとっくにまどろみの世界の住人になっていたのだと、信じて疑わなかった。

（だって夢でもなきゃ、忠義の塊（かたまり）みたいなマモ代が、ヘタレチキンだってバレたわけでもない俺を、罠（わな）にかけるなんてあり得ないもんな）

そんな風に納得しながら、完全に意識を手放した。

深い眠りへ落ちていった。

†

どれだけの間、まどろんでいただろうか？

気づけばケンゴーは魘されていた。

目覚めはまだ不完全で、意識は不明瞭。

どんな夢を見ているのかも不鮮明だったが、とにかく息苦しかった。

（呼吸が……呼吸ができない……っ）

無我夢中で酸素を求め、もがき続けるケンゴー。

しかし体は何かに拘束されているかのように、言うことを聞いてくれない。

「呼吸が～～～～～～～～～～～～～～っ」

ケンゴーは絶叫とともに目を覚ました。

しかし、その叫びすら呑み込まれていた。

ベル乃の口にだ。

（は……？　ナニコレ……？）

わけがわからず、寝惚け眼で状況把握に努めるケンゴー。

荘厳華麗な後宮にいたはずが、いつの間にか民家めいた普通の寝室にいた。

庶民が使ってそうな普通のベッドで寝ていた。

しかも隣には、メイド服を着たベル乃が横たわっていた。

身長一九〇超えの巨体を使って、ケンゴーを拘束するように抱きつき、脚をからめていた。

肉感的な唇で、情熱的にケンゴーの唇へ吸いついていた。

「息苦しいのおまえのせいかよ！」

いわゆるディープキスというやつは、まさしくお互いの呼吸を合わせないと、息をするのが難しくなるのだ（語れるほど経験があるわけでもないが！）。寝ているところへ一方的に迫られたら、気持ちよさより先に苦しさが来るのは当然だった。

しかし、そのケンゴーの抗議の声もまた、ベル乃の口の中に貪(むさぼ)られていってしまう。

「……美味ひい、美味ひい」

「ええい離さんか！」

仕方なくケンゴーは首を反らし、ベル乃の強力な吸引(ディープキス)から逃れる。

離れ際(ぎわ)、ちゅぽんと鳴った彼女の唇が、ちょっと気持ちよくて赤面した。

「人が寝ているところにナニしてんだよ！」

「……足りない栄養素の補給？」

「勝手に人の魔力を吸収するんじゃありません！」

思わずお母ちゃん口調になって叱るケンゴー。

「ここはどこ⁉　今はいつ⁉、何がどうしてこうなってんだ⁉」

「……陛下は頭、大丈夫？」

「寝ている俺にキスしまくってたおまえが俺にそれを言えんの⁉」

朝っぱらから怒鳴りすぎて、喉が嗄(か)れてくる。

（——いや、本当に朝か？　合ってるのか？）

まだベル乃に~~全身を拘束~~抱きつかれたまま、首だけ巡らせて確かめる。

窓の外には、普通の空が広がっていた。

朝日が優しく差し込んでいる。

でも確認できたのは一瞬で、

「……おはようのチュウ」

「まだ俺の魔力を貪る気か⁉」

「……人生に朝ご飯は不可欠」

「普通に飯を食えばいいだろ！」

あくまでキスを迫ってくるベル乃に、ケンゴーは首から上の動作だけで「シュッ、シュッ」と素早く回避しつつ、治癒（ちゆ）の魔法をかけてやる。

「暴食（ベルゼブブ）」の魔将家の直系は、「空腹」状態が続くとすぐに「飢餓（きが）」状態へ陥（おちい）り、さらに「狂乱」状態へと次々とバッドステータスを増やしていく。

行きつく先が〝ハラペコバーサーカー〟モードで、そうなったベル乃は誰にも手がつけられない。見境なく暴れ出し、目につくものを喰（く）らおうとする、一匹の野獣（ケダモノ）と化してしまう。

ケンゴーもかつてそうなったベル乃と直面し、彼女を元へ戻すために一計を案じた。

「空腹」や「飢餓」がバッドステータスだというならば、治癒魔法をかけてやれば「ハラペコバーサーカーモード」も治るのではないかと考えたのだ。

その思案は的中し、ベル乃は元のデカ可愛(かわい)い彼女へ戻ってくれた。

だがベル乃曰(いわ)く、通常のやり方で治癒魔法をかけてやるのは雑、何も美味しくない。彼女の口を通してケンゴーの魔力を吸収すれば、得(え)も言われぬ美味と感じられるらしい。

それで味を占めたのか——人肉の味を覚えた羆(ひぐま)が、人里を襲うようになるように——ベル乃はしばしばケンゴーの魔力を貪ろうと、狙っている節があった。


「……んー」

と可愛らしく唇を突き出して、いつまでもキスをねだってくるベル乃。

「そのうちおまえに、俺のお肉まで齧(かじ)られるんじゃないかと不安だよ……」

「……それはない」

「ホンマか～？」

「……金の卵(たまご)を産む鶏を殺すバカはいない」

「おまえにとって俺は鶏なのな……」

それは魔力を生み出せなくなったが最後、絞めて食われるということなのでは……？

「……どうしてもキスするのは嫌(ヤ)？」

「ヤ」

というか草食系魔王としては気後れする。

「……わかった。タダとは言わない」

「なんかくれるわけ？」

「……わたしのお肉をお裾分けする」

言うなりベル乃はこちらの頭をつかみ、思いきり抱き寄せた。

でっかいバスト（一メートル超え！）にケンゴーの顔面が埋まる。

なんと深い胸の谷間だろうか。

否、これはもはやお肉の海！

「やめいっ」

顔面を完全に包み込む「暴食」サイズおっぱいの感触は素晴らしいものの、またも呼吸困難になってケンゴーはもがく。

「……遠慮は要らない」

「そういう問題じゃねえええええっ」

おっぱいの海で溺死とかシャレにならない。

ベッドの上――巨乳に顔を突っ込んだまま悶えるケンゴーと、全身を密着させ、四肢をからめて抱きかかえるベル乃。

それは傍から見れば、カップルがイチャイチャしているように見えるかもしれない。
だから——

「お兄ちゃん、朝だよ！　アス美が起こしにきたよ☆」


——と。

いきなりドアを開けて登場したアス美が、ベッドの様子を見てびっくりしたように固まる。

（いや、こっちがびっくりなんだが……）

とツッコむ余裕もない、ベル乃っパイに顔を突っ込んだままのケンゴー。

「ひどいよ、お兄ちゃん！　妾というものがありながら浮気するなんて！」

「誰がお兄ちゃんだ、誰が！」

あと浮気じゃない！　捕食されかけてるピンチだ！

「ケンゴーお兄ちゃんはお兄ちゃんでしょ？」

「はあああああ？」

アス美の奴、また理解の難しい高度なプレイを始めやがってと、ケンゴーは呆れる。

「……アス美も一緒に食べる？」

「いいの、ベル乃姉ちゃん？」

「ベル乃姉ちゃん？.？.？」

アス美のトンチキな台詞（せりふ）の数々に、ケンゴーはもうついていけない。

しかもベル乃がおっぱいから離してくれたかと思えば、ベッドに潜り込んできたアス美とサンドイッチにされる。

それは傍から見れば、ハーレム野郎がイチャイチャしているように見えるかもしれない。

だから――


「起きてる、ケンゴー！」

「朝ご飯の用意ができましたよ、ケンゴーさん」


――と。

いきなりドアを開けて登場したルシ子とシト音が、ベッドの様子を見てびっくりしたように固まる。

「アンタたち朝っぱらナニしてるわけえええええええ!?」

「お姉ちゃんを蚊帳（かや）の外にするなんて悲しいです。寂（さび）しいです」

ルシ子とシト音までベッドに飛び込んできて、ケンゴーは四人がかりで揉みくちゃにされる。

「こ、これはどういう状況なんだ、ルシ子!?」

「ハァ!? アタシが問い詰めてんでしょうがこの女誑し！」

馬乗りになったルシ子に、ケンゴーは胸倉をつかまれてガックンガックン揺すられる。

お腹に載ったお尻の感触が堪らないのでやめてください！

「べべべ別にアンタのためじゃないけど、アタシが腕によりをかけて朝ご飯を作ってあげてる間に、アス美とベル姉とイチャついてるとはどういう了見よ!?」

「ベル姉!?」

「ハァ？　ベル姉はベル姉でしょ？　ナニ惚けてんの？」

「美人四姉妹でご近所さんでも有名な、アス美たちのことを忘れちゃったの？」

「冗談はやめてよね。いくらケンゴーが抜け作野郎だっていっても、アタシたちみたいな自慢のオサナナジミを忘れるわけがないでしょ？」

「ルシ子ちゃんの言う通りですよ、ずっと一緒に育ったお隣さん同士なんですから」

「美人四姉妹？　ご近所さんでも有名？？？　お隣さんの幼馴染？？？？？」

もう本気で状況についていけなくて、狼狽するケンゴー。

（神様……俺、なんか悪いことしましたか……？）

と天を仰いで嘆く。

だがすぐに、

「今日はどうしちゃったの、お兄ちゃん？　ずっと変だけど、もしかしてアス美も知らない新手のプレイ？　普通のえっちじゃもう興奮できなくなっちゃったの？」

とアス美に上目遣い(うわめづか)で煽られて、

「いや、変なのはそっちだろ！　なんかのプレイかもしれないけど、二百歳超えにお兄ちゃん呼ばわりされる筋合いはないし、おまえら全員、血なんてつながってないだろ？」

それに乳兄妹(おさななじみ)として一緒に育ったのもルシ子だけだ。

最近では気心も知れてつい忘れそうになるが、アス美やベル乃と出会ったのはまだ一年前。シト音に至っては先々月だ。

「ひどい！　アス美はまだ十二歳だし、ケンゴーお兄ちゃんのことはお兄ちゃんって呼んでもいいって昔、言ってくれたし、結婚の約束までしてくれたのに！」

「私めとベル乃ちゃんとルシ子ちゃんとアス美ちゃんは、ちゃんと血を分けた姉妹ですっ……」

「アンタ、マジで熱でもあるんじゃない……？　看病したげよっか……？」

「な………っ」

ケンゴーは絶句した。

アス美やシト音が戯れ(プレイ)や冗談で言っているわけではないのが、伝わってきたからだ。

ルシ子が本気で「いつものケンゴーじゃない」と心配してくれていたからだ。

どう考えてもいつもじゃないのは、彼女らの方なのに！

「ここはどこ⁉」

「ライロック王都の西区です。ケンゴーさんのご両親が遺された、ケンゴーさんのおうちです」

「今はいつ⁉」

「八月十一日だよ☆」

「俺は誰⁉」

「だからアタシたち四姉妹のオサナナジミで、お隣さん同士のケンゴーでしょ？」

「魔王ケンゴーじゃなくて⁉」

「うふふ。ケンゴーさんがもし魔王でしたら、私めたちみたいな町娘はみんな、家畜にされて飼われてしまいますね。貞操が危ういです♥」

「お兄ちゃん、冗談面白(おもしろ)ーい☆」

「アンタみたいなヘタレチキンが魔王なわけないでしょバーカ」

ルシ子、シト音、アス美が本物の姉妹のように仲良く笑う。


(いったい何がどうなってんだ……？)

ケンゴーはいよいよもって軽い恐怖を覚える。

だけどパニックにならずにすんだのは——

「……お腹空いた。朝ごはん食べに行こ、ケ、ケ、ケンちゃん」

ベッドから起き上がったベル乃に、いきなり抱っこされたからだ。

（こいつはまあ……どんな状況でもブレねえっていうか……）

と苦笑いさせられたからだ。

しかし、今はベル乃のそのマイペースさが頼もしかった。

その長身や立派な体軀もまた。

何もかも状況が不透明な中で、確かな寄る辺のように思えてならなかった――

第三章　これなんてラブコメ？

ケンゴーが庶民暮らしを始めて、十日が経(た)った。

暦(こよみ)は八月二十一日。

朝から蟬(せみ)がやかましかった。

でもそれ以上に、お隣さんの美人四姉妹がかしましい。


「アタシとシト姉(ねえ)の料理の腕前、どっちが上か今日こそ白黒つけるわけよ！」

「料理は心で作るもので、技術に囚われてはいけないと思いますよ、ルシ子(こ)ちゃん」

「おためごかしはいいから判定する、ベル姉！」

「……どっちも美味(おい)ひい」

「また引き分けだねー☆」


──なんて、朝食一つとるにも静かにしていられない。

でもケンゴーは目くじらを立てるでもなく、むしろ微笑(ほほえ)ましい気持ちで見守る。

五人で円卓を囲む団欒に、ささやかだが掛け替えのない幸福を噛みしめている。

ルシ子が作ってくれたカワカマスのフライも　シト音が作ってくれたトウモロコシのスープも、すこぶる美味い！

棚に飾ってあるクマのぬいぐるみまで、心なしか楽しげに見える。

何よりケンゴーはこの十日間というもの、毎日笑顔ですごしていた。

鏡を見ると顔つきから険がとれていた。

魔王城にいたころはどこか悲壮感が、翳となって差していたというのに。


もちろん、最初は戸惑った。

井戸端会議が大好きな近所のオバチャンたちに話を聞くと――

「ケンゴーちゃんとこのお母さんは、ケンゴーちゃんを産んだ後の肥立ちが悪くて、十六年前にお亡くなりになったのよ」

「ケンゴーちゃんのお父さんは、お城にお勤めしてた一代騎士でね。男手一つでケンゴーちゃんを育てたのも立派だったし、名誉の負傷で引退してね。結局はその傷が悪化して、六年前に亡くなったわ」

「シト音ちゃんのとこのご両親は、貿易商を営んでいるの。だからほとんど留守をしているし、今も何年も帰ってきてないわね。その間、シト音ちゃんが妹さんたちの母親代わりを頑張っていて、本当に偉いと思うわ。ケンゴーちゃんがいなかったら、うちのお嫁に欲しいくらい」

「だからケンゴーちゃんもシト音ちゃんたちも、ご両親が家にいない同士、お隣同士で、昔から家族同然のおつき合いをしてたじゃない」

――なんて家庭事情をまことしやかに語られて、狐につままれたような気分に陥（おちい）った。

危うく「どこのアニメの設定？」とツッコミかけた。

むしろオバチャンたちこそ不思議そうに、

「ケンゴーちゃんたら、なんでわざわざそんなことを聞くの？」

「まさか憶えてないの？」

とツッコまれる始末だった。


もちろん、ケンゴーが憶えているわけがない。

つい半月前までは、自分の城で魔王風を吹かせていたのだ。

父親にしても前世は極道（ヤクザ）、今世も暴君（ヤクザ）というロクデナシどもで、そんなご立派な人物と家族をやっていた記憶はない。顔すら知らない。

ダイニングキッチンに飾っているクマのぬいぐるみも、今の両親の形見だという話なのだが、ちっともピンと来ない。一応、大事にはしているが。

（むしろなんでオバチャンたちの方が、ありもしない記憶を持ってんだよ）

まったく奇妙極まりない。

そう、おかしなのはルシ子たちだけでなく、近隣に住む誰もが――ケンゴーや美人四姉妹が子どものころから十数年間――ご近所づき合いしてきたのだと言い張るのである。

しかもルシ子たち同様、嘘を言っているようにもお芝居をしているようにも見えない。

ケンゴーとしても状況が見えてくるどころか、ますます謎が深まるばかり。

せめて「自分の城で魔王風を吹かせていた」記憶以外にも、「立派な騎士の息子として生まれ、美人四姉妹とお隣同士で育った」記憶も残っていたら、胡蝶の夢の故事よろしく納得できたかもしれないのに。


とはいえ――

十日も庶民暮らしをしているうちに、ケンゴーも段々と状況に慣れてきた。

何しろここには恐ろしい臣下がいない！

やりたくもない世界征服の覇業もない！

ずっと欲してやまなかった平穏があるのだ！

毎日押しかけてくるルシ子らの騒動だって、むしろ人生の張り合い。ちょっとしたスパイス。

逆にケンゴー独りでこの奇妙な状況に巻き込まれていたら、途方に暮れていたに違いない。

彼女たちが傍にいてくれる安心感は、計り知れなかった。

しかも立派な「父親」が遺産を残してくれている（らしい）し、「四姉妹」のおうちは輪をかけた資産家だ。日々の生活には全く困らない。

「もう一生このままでいいんじゃないかな！」

などとケンゴーが思ってしまうのも、無理からぬ話だった。

「神様っているんだな！　ようやく俺（おれ）の善行（コト）見てくれたんだな！」

この不可思議な状況が、天が与えてくれた僥倖（ぎょうこう）だと信じて疑わなかった。

†

さて、その遺産の話をしよう。

騎士だったという「父親」は、引退後に銭湯を営んでいたらしい。

ケンゴーの住む家から徒歩で十五分ほど離れた、鍛冶屋街を横切る川の畔に、ひどく目立つ大きな建物がある。

それが「父親」が退職金で建てたという、お風呂屋（ふろや）さんだった。

内装はもっと凄（すご）い。

景観目的の柱は当然、床に至るまで総白御影石（しろみかげいし）。

湯の温度が異なる三つの大きな浴槽。広々とした洗い場。サウナも完備。

まるで宮殿の一角を切り取ってきたかのような豪華絢爛さ。

もちろん見栄えだけでなく、近隣の鍛冶炉から出る廃熱を利用したボイラーは、人界では最新式の優れ物を使っている。

お風呂がないと生きていけないケンゴーとしては、ありがたい環境だった。

魔界では近年、「ケンゴー好み」として持て囃され、急激に入浴文化が開花したが、文明の遅れた人界でこれほどの風呂を利用できるなら、庶民的な生活にも不満はなかった。


しかもケンゴーは「父親」から継いだこの銭湯で働くことで、日々の糧を得ている。

まさに嗜好と実益を兼ねた遺産！

従業員は自分一人だが、ルシ子たちもよく手伝いに来てくれる。

毎日お昼前にオープンするが、厳密な時間は決まっていない。

人界にはまともな時計が存在しないために（あっても巨大すぎたり高価すぎたりと、庶民が普段使いできる代物ではない）人族は総じて時間にアバウトだった。

ケンゴーは朝ご飯をすませると、ルシ子たちとの食休みを挟んで出勤し、開店準備をする。

一番大事なのは浴場の清掃だ。

メチャクチャ広い分、一人でやるのは大変だが、浴槽や床をピカピカに磨き上げると、得も言われぬ達成感がある。

前世では小学校のころに、「きちんと整理整頓ができる」「校内清掃をがんばっている」と通信簿へ書かれたケンゴーである。

それにぶっちゃけ魔族は基礎身体能力が半端ないので、膂力も体力も有り余っている。

「よっしゃ、最後の締めといきますか♪」

床用ブラシを仕舞うと、ケンゴーは鼻歌混じりに大浴場の東角へ。

そこにはレイナー五世の銅像が立っている。

ブッサイクなオブジェで景観ぶち壊しだが、「父親」が勇者王からオープン記念に下賜された家宝だという話で、粗末にするわけにもいかない。

お客さんの声でも別に邪魔だとは言われないし（言ったら不敬罪でしょっ引かれる可能性も否めない）。

不愉快を圧し、汚ッサンの銅像と間近で見つめ合いながら、丁寧に磨いて清掃終了。

そして開店告知の看板を出す前に、綺麗にしたばかりの大浴場で、一風呂浴びるのが店主の特権であった。

バックヤードのハンドル装置を回し、浴槽へ湯を張るための弁を開放すると、脱衣場で服を脱ぎ、洗い場で身を清めながら、湯が溜まるのを待つ。

と——

「来てやったわよ、ケンゴー！」

「今日は四人みんなでお邪魔しますね」

「お兄ちゃんの仕事はいつもぴっかぴかだねー☆」

「……お腹空いた」

脱衣場で服を脱いだルシ子、シト音、アス美、ベル乃がぞろぞろとやってきた。

そう——全員、全裸だ。

「ちょオマエラっ、今日も一緒に風呂入るつもりか!?」

「ケチケチしなくてもいいじゃない！　オサナナジミなんだから開店前に浸からせてくれても」

「アス美、きれいなお風呂好きー☆」

「け、ケチとかそういう問題じゃなくてだな……」

ケンゴーは慌てて目を逸らすも、四人の一糸まとわぬ姿をバッチリ目撃してしまった。

おかげで頰は紅潮、心臓はバクバクだ。

こっちはそんな状態だというのに、ルシ子たちは平然と傍までやってくる。

胸も股間も隠しもしない。

「あー☆　お兄ちゃん、まーた照れてるー。くすくすー」

「べべべべべ別にオサナナジミなら、これくらい当たり前でしょっ」

「ルシ子ちゃんの言う通りですよ。子どもの時からずっとお風呂も一緒だったではないですか」

(俺にそんな記憶はねえ!)

ケンゴーは内心、大声でツッコむ。

もし仮にそんな過去があったのだとしても、普通は十歳になる前に、男女別々に入浴するようになるものではなかろうか?

なのに、そう思っているのはケンゴーだけという。

まるで常識改変モノのえっちなマンガの世界だ。

「見て見て、お兄ちゃん☆　アス美のおっぱい、ちょっと大きくなっちゃったー」

「お背中流しますね、ケンゴーさん」

「べべべべべべ別にアンタのことなんかチットモなんとも思ってないけど、洗いっこするのはオサナナジミの常識だからジョーシキ!」

「……お腹空いた」

そう言って四人の美少女たちが、石鹸(せっけん)で手と体を泡まみれにして迫る。

ケンゴーは前後から包囲され、体の隅々まで丹念に洗ってもらう。

また彼女らの柔肌を直接手で洗うよう、当然のように要求される。

(アーーーーーーーーーーーーーーーーーーーーーーーーーーッ)

い、毎日この調子なのだが、ケンゴーはこれだけは一向に慣れることができなかった。

平静を保つため素数を数えるだけでは足らず、レイナー五世の銅像のブッサイクな面を拝み、萎え散らかすしかなかった。

銅像の方も呆れた様子で、こちらを見ているような気がした――

†

だが実のところ、「見られている」と感じているのはケンゴーの錯覚ではなかった。

銅像には魔法による盗撮機能が仕掛けられ、また厳重に魔力の隠蔽処理が施されていた。

無論、マモ代の仕業である。

彼女自身も魔法を用いることで、いつでも、どこからでも大浴場内の様子を覗き見ることができ、また映像として他者に見せることも可能だった。

同日同刻。

宮殿の一角と見紛う庶民には過ぎた大浴場で、ルシ子たちとキャッキャウフフ戯れているようにも見えるケンゴーのリアルタイム映像を、マモ代は遠く離れた相手に送り付けていた。

サイラント地方で待機する、レヴィ山・サ藤・ベル原らだ。

一方、そのレヴィ山はカフホス王国の宮殿内、侍従に用意させた居室にいた。

ソファに行儀悪く寄りかかりながら、テーブル上の鏡に映る「主君」と「妹」と「その他」の、裸のおつき合いを眺(なが)めていた。

なお裸といっても胸や腰回りなどのデリケートな場所には、真っ白なぼかしが入っている。これはマモ代が映像に加工処理したもので、如才(じょさい)のない彼女らしい細やかな配慮である。レヴィ山としても満足で、でなければ「ウチの大切な妹の全裸をさらすな！」と殺意全開にしていただろう。

そのマモ代が遠くライロックから、通信魔法を用いて報告した。

『――ご覧の通り、我が陛下(マインカイザー)は連日ルシ子らを相手に、淫蕩(いんとう)の限りを尽くしておられる』

受けてベル原が遠くホインガー王国から、通信魔法を用いて会話に参加した。

『陛下はストイックなご性分にあらせられたが、いよいよ快楽にお目覚めになられたと？』

『そのようだ。勇者王の後宮で酒池肉林をつぶさにご見聞なされ、いたくご感心あそばした由(よし)。そのまま後宮を我が物とされ、勇者王に全く劣らぬ豪傑ぶりでハーレム生活をご堪能(たんのう)なされておられる』

『まあ、ルシ子やベル乃もあの器量だし、アス美やシト音に至っては色欲(そのみち)の申し子だからな。こう言っては不敬に当たろうが、陛下がずぶずぶと沼にハマるのも当然の話か』

とベル原も納得した様子。

『フン』と不服げに鼻を鳴らしたのは、バーレンサから通信魔法に参加しているサ藤だけ。

レヴィ山などもうニッコニコ。

「英雄、色を好むって言うだろ？　我が君のご大器なら、遅かれ早かれそうなったんだよ」

可愛がっている妹が、敬愛する主君の寵愛を得られたことを喜んでいた。

（これは案外、すぐに甥か姪の顔が見られるかもな）

などと相好を崩していた。

もちろんルシ子のことはかつて正妃に推していたくらい気に入っているし、アス美やベル乃のことも嫌いではないので、皆で仲良くハーレム入りするのは悪い話ではない。

何より我が君が彼女ら全員をご所望なら、否やなどあろうはずがない。

ただ――一つだけ腑に落ちないことがあった。

「マモ代はここに混ざらなくていいのか？」

『別に構わん』

軍刀で断ち切るように、バッサリ即答するマモ代。

『いい機会だ、公言しておこうか。小官は我が陛下の正妃の座を狙っている』

「まあ、そうだろうな」

強欲の性格なら当然だと、レヴィ山もベル原も驚かない。

サ藤だけが「身の程知らずめ」と言わんばかりにもう一度、鼻を鳴らす。

『しかしそれは政治的野心の発露であって、別に我が陛下と深い男女の仲になりたいわけではない。閨房のことはルシ子らに任せる。お世継ぎも誰かが産めばいい』

自分一代、宮廷を壟断できれば、後のことはどうでもいいとマモ代は明け透けに言う。

『わかるか？　政軍両面に傑出なされたいと穹きケンゴー魔王陛下に相応しい正妃とは、陛下の片腕となって群臣たちを差配し、陛下の思し召しを遺漏なく全うさせる、秘書官として優れたる者に相違ない。小官ならそれができるし、小官に勝る女もいない』

だからこそ今この時も、ケンゴーと一緒に後宮に籠るのではなく、秘書官としての役割を果たしているのだと豪語するマモ代。

「わかった、わかった」

レヴィ山も特に反論はなかったし、男に生まれた以上は正妃争いにも興味がないので、もうマモ代の好きにさせる。

ついにケンゴーのご寵愛を得たシト音を、いびったりしないなら願ったりだ。

「ともあれ、我が君が楽しくすごしてらっしゃるのは安心した」

『元々ご慰安のための、ライロック行きであらせられたからな』

『ケンゴー様をお邪魔してはならない。マモ代、今後もおまえが密に連絡をくれ。でなければ僕はキレる』

『承知した。貴様らも守護聖獣が片付き次第、我が陛下の御元に一度、馳せ参じるがいい』

四将でうなずき合い、通信魔法を打ち切る。

また鏡に映っていたケンゴーやシト音の姿も消える。

「おまえも気負わず、我が君との恋愛を楽しめよ」

妹へのエールを込めて、ウインクするレヴィ山。

だが、ごく普通の鏡に戻ったそこに映るのは自分の顔であり、その場の勢いとはいえ自分へ向けてウインクしてしまったことに気づいた彼は、「ナルシストかよ」とばつの悪い表情になったのだった。

†

一方、マモ代である。

ライロック王都ヴィラビレの宮殿内。空の玉座の傍らに立っていた彼女は、通信を切るなり金銀宝石で装飾されたその椅子へ、どっかと腰かけた。

横柄な挙措で脚を組み、

「――ああ、いつでも来るがいいさ。貴様らの手で守護聖獣を討伐できれば、の話だがな」

悪辣な顔でほくそ笑んだ。

すると、

「お屋形様も意地悪ですねー。サイラント地方の守護聖獣どもは、三、匹、と、も、と、っ、く、に、お、屋、形、様、が殺しちゃったんだから、レヴィ山たちの手で討伐できるわけないじゃないですかー☆」

神経を逆撫でするキャンディーボイスとともに、レイナー五世が訪れる。

「いくら絶大な力を持つ魔将たちでも、出現するわけもない守護聖獣どもに備えて、いつまで経っても待ち惚けトカ間抜けすぎー☆　ウケる」

「その顔のまま、その声でしゃべるな。気色が悪い」

「あっは、ごめんなさーい☆」

脂ぎった汚ッサンが謝罪するや、いきなりその見苦しい姿が消えた。

代わりに現れたのは、長い舌にタトゥーを入れた魔族のメスガキ。

指先大の水晶球を、まるで飴玉のようにその舌の上で転がしている。

七大魔将たるマモ代の「眼」をしても全く看破できない、超高度な幻影魔法を使って化けていた少女が、その変身を解いたのだ。


二人だけの秘密だが、レイナー五世という男は実在しない。

そもそも勇者王の血筋という話自体が、捏造されたものだった。ベル原の指摘通りに、理論的にあり得ない話だった。

百五十年前、屈強な青年勇者に化けてライロックを建国したのが、このメスガキだ。

本当の名をエイミーという。

その正体は魔界の貴族で、ゆえに超常の力を持つ勇者を騙るのも容易だった。

以来、エイミーは幻影魔法を駆使して姿を変え、歴代の国王を演じた。さも連綿と王位継承しているかのように見せかけた。

これが代々必ず勇者を輩出する血筋の、からくりである。

そう――ライロックとはエイミーが家畜を弄ぶために、人界に作った反理想郷。

臣民らは代々の勇者王に虐げられ、搾取されつつも、まさかたった一人の魔族に支配されているとは露とも思っていないのである。

「貴様が百五十年かけて整えた箱庭だ。罠を仕掛けるにはうってつけだったな」

と、マモ代はエイミーをねぎらう。

彼女は数多いる一族郎党の中でも、特に重用する一人だった。

マンモン大公家の有力分家であるアモン家、そのまた分家筋に当たるアナウス家の現総裁。

「エイミーちゃんだってどうせなら汚ッサンより、美人に化けたいんですけどねー☆」

おどけたことをほざきながら、今度はマモ代そっくりに変身してみせる。

アナウス家は太古より、「欺瞞」や「裏切り」を得意とする。

流言飛語を以って時の七大魔将すら陥れ、謀殺したこともある。

そんな危険な一族の中でも、現役最凶を誇るのがこのエイミーなのだ。

お家芸たる幻影魔法や精神干渉系の魔法に限定すれば、マモ代の技術さえ凌駕するであろう。

自然、臣下ではあるが決して気を許せない相手。

エイミーと会う時はいつも事前に、精神防御魔法の最高峰である《天上天下唯我独尊》で自我をしっかりガードしてから、呼び出すことにしている。

でなければ、どんな秘術で精神をいじくられるかもわかったものではない。

エイミーは嬉々として主君の油断を衝き、裏切り、下剋上を果たすだろう。

だがそういう危険な女だからこそ、上手く用いれば役に立つのだ。劇薬と同じだ。

歴代最強と名高い魔王ケンゴーを罠にハメるため、ともに策略を図るに足る部下だ。


「レヴィ山たちってば、お屋形様が用意した映像をまんまと信じたみたいですねー☆」

「魔王ケンゴーが風呂でルシ子たちと戯れているのは、事実だからな」

マモ代もしてやったり顔でほくそ笑む。

幻影魔法で映像を零から作成し、ケンゴーの淫蕩ぶりを捏造するのは、リスクが高い。

レヴィ山たちの「眼」をだませるとは思えない。

それはスペシャリストたるエイミーに作らせても同じだ。

汚ッサンに変身していることを相手に悟らせないのと、よく見知った人物の映像を偽造した上で、その作為や魔法の痕跡を看破させないのとでは、難易度がまるで違う。

エイミーならマモ代よりはずっと上手に偽映像を作成できるというだけで、露見してしまう可能性はやはり高い。

　だからマモ代は一計を案じたのだ。


　まずケンゴーたちを、マモン家の蒐集品(しゅうしゅうひん)である神酒で泥酔させる。

　精神防御魔法を使う余裕をなくさせた上で、エイミーに彼ら全員の記憶を操作させる。

　魔王とその側近たちではなく、ライロックの市井(しせい)に生まれた平凡な庶民だと思い込ませる。

　架空の経歴(カバーストーリー)や設定は全て、マモ代の力作である。

　住居や銭湯の用意も、二か月も前から仕込んでおいた。

　近隣の住人の洗脳も同様だ。こちらはたかが人族相手、赤子の手を捻(ひね)るより簡単だった。

　そもそもライロックはエイミーの箱庭なのだから、どんな大がかりな仕掛けでも用意できた。

　さらにはルシ子たちに「幼馴染(おさななじみ)同士なら、何歳になっても混浴するのが当たり前」「お互い洗いっこするのが普通」と**アホみたいな**常識を刷り込むことで、毎日実践させた。

　かくして「ついに性に目覚め、側近たちと淫蕩に耽(ふけ)る魔王様の図」の完成。

　本人たちの映像なので、レヴィ山らも疑いはしない。

　浴場の内装もバカげたほど豪華に設計してやったので、まさか巷間(こうかん)の銭湯だとは気づかないだろう。勇者王の後宮内だというマモ代の触れ込みを信じ込んだだろう。

「これでレヴィ山どもを油断させ、サイラント地方に足止めできる。奴(やつ)らも愚鈍とは程遠いし、一向に出現しない守護聖獣にいずれは業を煮やして、持ち場を離れるかもしれないがな。最悪でも三か月は稼げるだろう」

「その間にエイミーちゃんたちは、次の作戦に移りましょうねー☆」

「ああ。なんといっても**一番恐ろしい魔王ケンゴー**を、何もかもを忘れた一庶民に貶(おとし)めることができたのが大きい。安心して事を進められる」

「ルシ子たち三将も巻き込めましたしねー。七大魔将の力も実質、半減ですよン☆」

策士同士、邪悪な形相(ぎょうそう)で企(たくら)みを語り合う。

自分に化けたままのエイミーと、まるで鏡合わせのように。


マモ代たちは知らない――

実はケンゴーには、エイミーの記憶操作(まほう)が作用していないことを。

しかも本をただせば、マモ代の自業自得だった。

この四月にもマモ代はケンゴーを策に陥れるため、マモン家秘蔵の霊薬(エリクサ)を服毒させたことがあった。

後世の史書にいう、「朕アゲ一〇〇〇％モード」事件である。

しかしケンゴーはマモ代の謀略だったとも気づかず、ただ持ち前の謙虚さで反省した。同じ轍は踏むまいと、ヘタレチキンらしい勤勉さで新たなオリジナル魔法を編み出していた。

名を、《健全なる魂は健全なる肉体に宿れかし》。

ケンゴーの心身の状態をチェックし、重度の異常があれば自動的に回復させる常駐魔法だ。

ただ開発したばかりの魔法だし、効果のほどは不確かだった（確かめようにも、まずは自分の心身に異常をきたさなくてはいけないので、恐くて実験できなかった）。

しかし少なくとも、エイミーの記憶操作魔法に対しては抜群の効果を発揮していたのだ。

酔っ払って一晩寝ている間に、自動的に完全修復していたのだ。

ケンゴー自身が気づいていないほどで、ましてマモ代が知る由もない。

そのことが誰にとって吉と出るか、誰にとって凶と出るか――

ただ運命のみぞ知る。

第四章 その女、裏切り者につき

さらに十日が経ち、暦は九月に入った。

ケンゴーは午前のうちから、王都東の市場へと遠出した。

今日のように毎月「一」のつく日には、銭湯はお休みをいただいている。

一人ではなく、ベル乃と連れ立ってだ。

露店を広げる卸売商たちでごった返す、王都の一区画。

娯楽施設の乏しい人界では、立派なデートコースでもある。

が、ケンゴーとベル乃の間にそんな甘酸っぺえ空気はない。

食材をわんさと積んだ大きな荷車を、二人で牽いていた。

ベル乃があまりに大食いなので、買うとなったらこれくらいは買い込まないと、備蓄が追い付かないのである。

(いやでも……城にいたころに比べると全然、食が細くなってるよな。ベル乃)

はたと思い至るケンゴー。

魔王城には大勢の宮廷料理人たちが働いていたし、ベルゼブブ家は昔からニスロク家という凄腕（すごうで）料理人一族をお抱えしている。

　彼らが朝から晩までベル乃のために調理し、朝から晩までベル乃は何か食ってた。

　比べて現在、ケンゴーらの三度の食事は、ルシ子（こ）とシト音（ね）が面倒を見てくれている。

　どちらも料理上手だし、一度も手抜きなく作ってくれて頭が下がる思いだが、やはり二人だけでは朝から晩までベル乃の腹を満たしてやるというわけにはいかない。

（こいつ、もしかしてひもじい想（おも）いしてんじゃ……？）

　平和な庶民暮らしを満喫しているケンゴーと違い、困窮しているのかもしれない。

　意外と愚痴を言わないというか、城にいた飽食時代も生活が慎（つつ）ましくなった現在も、口を開けば「お腹（なか）空いた」しか言わないので、気がつかなかった。

　よりお値ごろな食材を探し求め、市場の中を練り歩きながら、ケンゴーは一緒に荷車を牽くベル乃に訊（たず）ねてみる。

「もしかして、お腹空いてる？」

「……お腹空いた」

「最近、痩（や）せた？」

「……お腹空いた」

　ホラこいつ意思疎通が難しいんだって！

　赤ん坊だって泣いて親を呼ぶというのに、ベル乃さんたら本当に困っちゃう。手がかかる。

（なんとかしてやらないとマズイんだろうか？）

ぶっちゃけ「暴食」の魔将の**生態**には詳しくないので、この状況がどれだけの危険を秘めているかもわからない。

でもある日いきなりハラペコバーサーカー化して、近所のオバチャンたちを食い散らかしましたなんて大惨事になったらマジ困る。

（しかもマズいのが、今のベル乃にその自覚ってか、危機感があると思えないんだよな……）

ルシ子たち同様、魔族としての記憶がないであろうベル乃だ。

ハラペコバーサーカーにならないようにと注意喚起したところで、ナンノコッチャと不思議がられるのがオチだ。

今後は自分が意識していかねばと、気を引き締めるケンゴー。

「来月になったら郊外の果樹園で、葡萄(ぶどう)狩りができるらしいんだよ。そしたら皆で行って、朝から晩まで葡萄を食べような。おまえ、一ヘクタールくらい食べそうで恐いけど」

「……今、お腹空いた」

「デスヨネー差し当たって今日が問題デスヨネー。……みんなに内緒で買い食いして帰るか？」

「……お腹空いた」

「何を食べたい？　むしろ、食えりゃなんでもいいのか？」

「……お腹空いた」

言うなりベル乃は上体を捻って、「ちゅっ」とケンゴーの唇を奪った。

二人で荷車を牽きながら、完全な不意打ち。

どこの女誑しだテメー！　ってくらいスマートな所作だった。

おかげで目撃した露天商たちに冷やかされる。

「憎いねえ、ご両人！」

「何かウチで買ってってよ！」

「恋人さんにはオマケするよ！」

口笛混じりに囃し立てられ、ケンゴーは照れ臭くて仕方ない。

赤面しながらベル乃に抗議。

「いきなりナニすんだよ」

「……足りない栄養素の補給？」

（人の魔力を栄養扱いするんじゃない！）

食い意地が張っているというか、なんというか。魔族としての記憶はなくしているくせに、
ケンゴーの魔力が美味だということは本能的に覚えているらしい。

「でも、こういうことは人前でするもんじゃありません！」

「……オナカスイタァ」

「やっぱしていいです！」

「ちゅっ」

ベル乃がまた歩きながらスマートに上体を捻り、ケンゴーにキスをする。

また道端の露天商たちに冷やかされる。

その羞恥(しゅうち)を堪(こら)えながら、

「わかったよ。どうしてもひもじいようなら俺(おれ)の魔力(くちびる)、吸っていいよ」

「……ケンちゃん、優しい。大好き」

調子いいなコイツ！

「ただ、俺からも頼みがある――」

ケンゴーは首筋まで真(ま)っ赤(か)になり、自分の唇を拭(ぬぐ)いながら、

「――ルシ子たちには隠れてキスしてくださいお願いします」

これは餌付(えづ)けだとどんなに自分に言い聞かせても、疚(やま)しい気持ちまでは拭えなかった。

一方、ベル乃はいつもの何を考えているかわからない、「ぼへー」とした顔ではなく、

「……ケンちゃんの浮気者(うわきもの)。女誑し(プレイボーイ)」

ドキッとするほど妖艶(ようえん)に笑うと、またケンゴーの唇をスマートに吸った。

こいつも女なんだなあ、恐いなあ、と考えさせられた一幕だった。

†

そんなケンゴーとベル乃の一幕を、盗み見している者がいた。

得意の探知魔法を用い、ライロックの王城から視覚だけを市場上空へ飛ばしていた。

「クソッ、あの豚女め……。何度も何度もケンゴー様の唇を浅ましく貪りおって……っ。公衆の面前で恥ずかしげもなくサカりおって……！」

玉座に預けた体をワナワナと震わせ、食いしばった歯をギリギリと軋らせる。

「強欲」の魔将から「嫉妬」の魔将に絶賛クラスチェンジ中のマモ代だった。

女の情念剝き出しの声で独り言、恨み言をこぼし続ける。

「私だってなあ……私だってなあ……ケンゴー様とイチャイチャお隣さん同士を演じてみたいんだ……っ。幼馴染設定にかこつけて、ケンゴー様の大きな手で私の胸を洗ってもらいたいんだよぉ！」

レヴィ山らに対しては、ケンゴーの正妃の座を欲するのはあくまで政治的野心だと言ったマモ代だが――あれは嘘だ。

心も寵愛もお世継ぎも欲しいに決まっているッ!!

それもルシ子たちと分け合うのではなく独占したい！

マモ代は「強欲」の魔将なのだ。

「だから今は我慢……我慢だ……っ」

激情を抑え、何度も自分に言い聞かせる。

マモ代が現在、エイミーと図って進めている策謀は、邪魔で仕方がない他の七大魔将たちを排除するためのものだった。

その上でケンゴー不在の魔王城を乗っ取り、王位簒奪を宣言する。

ケンゴーの記憶を元に戻し、彼の情愛を勝ち取るのはその後の話だ。

ルシ子らを全滅させ、マモ代が魔王となって絶大な権力を確保できたなら、もう好きなだけキスでも洗いっこでも×××でもできる。

ケンゴーを王配に冊立し、ベッドの上でくんずほぐれつ攻守を入れ替え、「夜の下剋上」を悦しめばいいのだ！

「だが頭で理解していても、憎いものは憎い……っ」

遠見の魔法で市場にいるベル乃を見下ろしながら、爪を噛むマモ代。

まさに、そのタイミングだった。

ベル乃と仲睦まじげに荷車を牽いていたケンゴーが――本当にふとした様子で――いきなり空を見上げたのだ。

魔法を通してそこから二人を盗み見していたマモ代と、バッチリ目が合ったのだ。

「ま、まさか、私の魔力にお気づきになったと⁉」

クールを身上とするマモ代が、思わず絶叫させられた。

今のケンゴーは魔王としての自覚や能力を失った、一庶民にすぎないはずなのに。

頭では何かの間違いではないのかと思いつつ、しかし体は総毛立っていた。


この時——確かにケンゴーは、自分たちを監視する上空の視線に気づいている。

マモ代の探知魔法の気配を正確に察知している。

（あ、ヤベ。マモ代じゃん）

思わず目を合わせてしまったケンゴーは、慌ててあらぬ方へと逸らす。

偶然を装い、気づいていないふりをする。

（マ、マモ代だけお隣さん状態じゃないし、やっぱ無事だったんだなあ。じゃあアイツからすりゃ、いきなり俺らが失踪したらびっくりするよなあ。きっと必死に捜索してくれてるんだろなあ）

その捜索の網に危うく引っ掛かりかけたのだと、ケンゴーは解釈する。

同時にマモ代の方は、こっちに気づいていないことを祈る。何しろ市場は大盛況で、その雑踏の中だからワンチャンある。

「悪い、ベル乃。今日は帰ろう」

「……オナカスイタァ」

「晩飯までずっと俺の部屋で魔力吸ってていいから！」

「……急いで帰ろう」

二人で荷車を牽いて、そそくさと市場を後にする。

（おまえにもスマン、マモ代……っ。でも俺は今の生活を気に入ってるんだ！　魔王になんか戻りたくないんだ……！）

心の中でケンゴーは平謝りする。


しかしケンゴーがそんなことを考えているだなどと、マモ代は露も思わない。

もう魔王陛下と目が合った瞬間に、顔面蒼白で遠見の魔法を解除している。

「なんてっ……なんて恐ろしいお方だろうか……っ」

玉座に腰かけたまま、己の体を抱き締めるマモ代。

全身がガタガタ震えて止まらない。

顔中、体中、もう脂汗まみれだ。

正常な状態のケンゴーならばともかく、魔王としての記憶と魔法の技術を忘却させられておきながら、どうやって探知魔法による視線を察知したというのか。

「決して私が油断していたわけではない……。あのお方が常識外れなのだ。破格なのだ……！」

まさか気取られるとは思わなかった。

この上はせめて、遠見の魔法がマモ代によるものだとまでは、バレていないことを祈るしかない。今のケンゴーはマモ代の存在も忘れているはずだから、ワンチャンある。

「もし私だとバレたら一巻の終わりだ……」

マモ代はまだ震えが止まらず、玉座に腰かけたまま赤子のように縮こまる。

今や一介の少年にすぎないはずの彼が、なお七大魔将たるマモ代をこうも恐怖させるとは！

これが史上最強ということだ。いと穹きケンゴー魔王陛下だ。

「と、とにかく探知魔法で直視するような真似は、控えねばならぬ。エイミーにも徹底させねばならぬ」

ケンゴー宅のぬいぐるみや銭湯に飾ったレイナー五世の銅像等、監視のための魔法装置は、彼らの生活圏のあちこちに仕掛けてある。

以後はあれらだけを使うべきだ。隠蔽魔法を厳重に施したあれらならば、未だケンゴーにも見破られた様子がない。

「……いや。それだとて、果たしていつまで隠し通せるものか……」

記憶を封じた程度のことで、ケンゴーほどの傑物を無力化できたとタカを括ること自体が、もはや油断なのではないだろうか？

マモ代は幼児のように膝を抱いて震えながら、そう考え直すに至った。

「こうなっては一刻の猶予もならぬ……。計画を急がねばならぬ……」

歯の根も合わぬ状態で、自分に言い聞かせるように独白を続ける。

そうでもなければ、この恐怖に耐えられそうもなかった。

それでも焦りを抑えられなかった。

†

体の震えが止まるのを待って、マモ代はエイミーを呼び出した。

玉座に浅く腰掛け、らしくもなく貧乏揺すりをしていると——

「何か御用ですか、お屋形様ー☆」

神経に障るキャンディーボイスとともに、汚ッサンが脂ぎった顔を見せる。

その姿のまま、その声でしゃべるなというように。このメスガキ、わざと煽っているのではあるまいか？

玉座の間に、盛大な舌打ちの音が響く。

今のマモ代には聞き流してやる精神的な余裕がなかった。

「ご、ごめんなさーい☆」

エイミーもビビって変身を解く。

主君の勘気に触れ、ばつの悪い顔になって、飴玉代わりの水晶球を舌で転がしている。

「聞け――」

エイミーがしおらしくなったのを見計らい、マモ代は先ほどの一部始終を説明する。

ケンゴーに対して遠見の魔法の類はもう使うなと釘も刺す。

「エエ～ッ、お屋形様ほど巧みな探知魔法の術者が、危うくバレかけたんですか～⁉」

「〝魔王の中の魔王〟の評は、伊達ではないということだ」

「まじヤバー……。バケモンじゃん……」

小生意気というか負けん気の強いさしものエイミーも、蒼褪めずにいられない様子だった。

「相手がそんな調子じゃあ、のんびりしてる暇はないってか、計画を急がないとダメですね☆」

さすがともに図るに足る策士、すぐにマモ代と同じ結論を出した。

「エイミー、全ては貴様のお家芸にかかっている。進捗のほどはどうだ?」

「もう二十日もお時間いただきましたし、けっこうイイ線行ってると思いまーす☆」

一転、得意げな顔に戻るエイミー。

そして幻影魔法を用い、また別人へと化けた。

身長一八〇ほどの、すらりとした青年だ。

青く輝く炎の如き、魔力漲る瞳が特に印象的。

その身分の証でもある毛皮のマントを、バサッと翻しながら名乗る。

「余はケンゴー。魔王ケンゴーである」

と――声と口調まで本物そっくりに模倣してみせた。

「ふむ……」

そのしぐさや表情といった一つ一つを、マモ代は検分する。

玉座から上体を乗り出し、軍刀の如く眼光鋭く、微に入り細を穿つ心持ちで。

特に全身から漏れ出る魔力の片鱗は、重点的にチェックする。

極めつきの努力家であり、魔力のコントロールに長けたケンゴーが纏うそれは、もはや芸術レベルに美しい。

エイミーが実際にそこまでできなくてもよいが、幻影魔法で偽装できてなくてはいけない。

「どうだ、マモ代？　余の貫禄もなかなかのものだと思わぬか、ファファファファ」

ケンゴーに化けたまま魔王風をビュンビュンと吹かすエイミー。

マモ代は忌憚なく評した。

「まだ七十点というところだな」

「エエ～～～ッ☆」

エイミーがたちまち地声になって不平を漏らす。

だがマモ代としても、甘い見立てをするわけにはいかない。


決して伊達や酔狂で、こんな真似をやらせているわけではないのだ。

エイミーがどれだけ精巧に「魔王ケンゴー」に化けることができるか——それが計画の肝心部分であった。

目標はレヴィ山やベル原の目をして、欺けるレベル。

エイミーが見事その域に達することができれば、後はもうやりたい放題だ。

ケンゴーの不在をいいことに、偽勅を濫用するのだ。

それこそサ藤とベル原それぞれに、お互いを討つようにと偽ケンゴーの口から命令すれば、七大魔将の中でも強者の彼らを潰し合わせることだって可能だろう。


「まだまだ精進が必要だな」

「エイミーちゃん的にはもうけっこう自信あるんですけどー☆」

「足らんな。今後は練習時間を三倍にしろ」

「どこが至らないって仰るんですかー？　具体的にー☆」

ケンゴーの姿のまま、キャンディーボイスでエイミーがぶーたれる。

「そうだな……」

マモ代は批評家の顔つきになると、ビシビシと指摘した。

「ケンゴーを騙るには、**凛々しさ**がまるで足らん。それとケンゴーの一挙手一投足はもっと**知的且つ気品に満ち溢れているが**、それがない。あと黙っていても自然と漏れ出る**邪知暴虐な本性**や、古竜どもですら畏れて平伏すだろう**凶猛な威圧感**を全く模倣できておらん」

「エエ～～～ッ、今上ってお顔の作りはまーまーですけど、どっか卑屈ってか常に他人の顔色を窺ってる感じがしますし、ぶっちゃけあんま賢そうじゃないですし、王族っていうよりその辺に転がってるガキみたいな風情で品位なんて備わってませんし、あいつ実はめっちゃビビリですし、無理して魔王ぶってますよね？」

「貴様ッ、畏くも我が陛下を批判するかッ。まさかヘタレチキンだとでもいうかッ」

ケンゴーのことをクソミソに言われ、マモ代は一瞬本気で激昂した。

その激しい怒声を浴びせられて、エイミーは閉口した。

実のところ――
エイミーの方がよっぽど冷徹な目で正確にケンゴーのことを観察できていて、まさに変身魔法のスペシャリストたる彼女の面目躍如というもので、その模倣だって七十点どころか九十点台は堅かったのだが、マモ代の目の方が**恋心で曇っていたため**、会話にならなかったのだ。

「……エイミーちゃんだって真剣に観察してるのに」

「だとすれば、貴様の目が節穴ということだな。『欺瞞』を司るアナウスの名折れだ」

ひどく苛々とした口調で、ブーメラン発言を吐き捨てるマモ代。

「もうよい、下がれ。とにかく早急に、完璧に変身できるよう努力しろ。練習時間を今の十倍に増やせ」

一方的に呼びつけたのは彼女の方なのに、この言い様。この仕打ち。

これにはエイミーも、我慢ならないという態度を隠さなかった。

低めた声で、ボソリと独白した。

「ウザ……」

地獄耳のマモ代が、たちまち柳眉を逆立てる。

「今、何か、申したか、エイミー?」

「言いましたー☆」

「聞き間違いだと思うが、私を悪し様に言ったか?」

「お屋形様のことウザいって言いましたー☆」

「貴様……主君に対する口の利き方も知らぬか……っ」

押し殺した声で、マモ代はプレッシャーをかける。

玉座から腰を上げると、全身から莫大な魔力を立ち昇らせる。

質量を伴うほどの重厚な魔力だ。

広間の床がミシミシと軋んだ。

（分家の分家に舐められるわけにはいかぬ。君臣の別が成り立たぬ）

キツく躾けてやる必要があった。

どの攻撃魔法が適切かと思案しつつ、魔力を練り上げ続ける。

だがエイミーも然る者だ。

「お屋形様こそ、もっとどっしり構えたらどうですかー☆」

恐懼するどころか、太々しい態度で煽ってくる。

「なんだと……？」

「記憶を封じても今上が油断ならないのは理解しましたー☆　計画を急がなきゃいけないってのも同意ですー☆　でもお屋形様は焦りすぎー☆　今上のことビビりすぎー☆」

主君のことを完全に舐め腐り、バカにし腐った顔であげつらってくるメスガキ。

飴玉代わりの水晶球を、舌の上でレロレロと弄び、

「策士が焦っちゃ廃業ですよ。マモ代ちゃんのことは見損ないましたー☆　ともに謀略を図るに足る相手だとはもう思いませーん☆」

「――殺す」

マモ代はもう警告なしに、切断魔法を撃ち放つ。

まさに魔眼、にらんだだけで術式を完成させ、エイミーの首を刎ねようとする。

だが斬首刑の執行はならなかった。

魔力の刃が生意気なメスガキの首を断ったと思った瞬間、少女の姿が霞の如く掻き消える。

そう――

ずっとエイミーだと思い込んで話していたその相手は、巧妙極まる幻影魔法で作られたダミーにすぎなかったのだ！

本物のエイミーは、マモ代を揶揄するように天井からぶら下がり、長い舌を出していた。

（――いや、あれも果たして本物か？）

マモ代は玉座の間のあちこちへ、素早く視線を走らせる。

柱の陰から、また別のエイミーが顔を覗かせていた。

窓のカーテンの裏側から、また別のエイミーのケタケタ笑う声が聞こえてきた。

そこかしこから、次々とエイミーが姿を現した。

この中のどれかが本物で、後は幻影による偽物か。

そう思わせて、あるいは全てがダミーという可能性も。

（敵に回すと厄介な奴！）

マモ代は全身から魔力を迸らせ、ならば城ごと全て木端微塵に吹き飛ばしてやろうとする。

「恐い恐ーい。ウッソー☆　マモ代ちゃんなんてもう全然恐くありませーん。エイミーちゃんはもっと頼もしい奴と手を組むことにしましたー」

「ハッタリを申すな！」

七大魔将たる自分よりも格上の者だなどと、いったいどこにいるというのか？

果たして——「答え」はすぐに現れた。

かつん、かつん、と悠然たる足音とともに、何者かが玉座の間にやってくる。

端倪すべからざる風格を持つ青年だった。

全身に湛える魔力の片鱗を見れば、天空の如く静かで、果てのなさを窺わせる。

そして左右の瞳の色が違い、左のそれが妖しく金色に輝いていた。

「「「遅いよ、メフィスト☆」」」

と無数のエイミーたちが気にした風もなく、口だけ抗議した。

（メフィストだと……？）

聞いたことのない名前だった。

ましてマモ代には、この青年こそがかつてアザゼル男爵に執事として仕え、また懐刀として暗躍し、シト音の魔力を利用した邪悪な装置の開発者だったなどとは、知りようがない。

（偽名だろうか？）

とマモ代は考え、だったとしても情報蒐集にも貪欲な自分が、これほどの実力を秘めた魔族の顔も知らないということ自体が、異常事態だと警戒する。

対して、左目だけ金色の男の態度は悠然そのもの。

「お初にお目にかかる、当代の『強欲』の魔将――」

と、道化めいた大仰なしぐさで腰を折る。

裏切り者のメスガキよりも、遥かに神経を逆撫でさせられる。

しかしマモ代はその慇懃無礼を咎められなかった。

「――そして、さようならだね」

嘲るようにメフィストが告げた、それが合図。

そこら中にいるエイミーたちが一斉に魔法陣を展開した。

アナウス家の秘術であろう。見たことのない術式且つ、極めて複雑怪奇な組成をしており、マモ代の「眼」を以ってしても、恐らく洗脳魔法の類だろうと読み取るのが限度。

しかしマモ代は慌てるどころか、

（メスガキが。どこまでも舐めてくれる）

と舌打ちする。

この手の精神に大きく干渉する魔法は、よほどの実力差がないと通用しないものと、相場が決まっているのだ。

それはアナウス家の秘術であっても例外ではない。

マモ代は原始魔法に基づく「眼」ではなく、経験に基づく戦術眼により正確に看破していた。

ゆえに練り上げていた魔力を、精神防御魔法である《天上天下唯我独尊》へ注ぎ、油断なく厳重に張り直す。

だがしかし――

「その慎重さは称賛に値するけど、私の前では無駄なことだよ」

とメフィストが冷笑した。

その左の目がさらに強く、妖しい輝きを放った。

いいいいいいいいいいいいいい、
刹那――マモ代の《天上天下唯我独尊》が雲散霧消する。

(解呪魔法だと⁉)

それもあたかもケンゴーが得意とするような、超高等技術の。

マモ代が「あっ」とうめいた時にはもう遅い。

エイミーの洗脳魔法が完成していた。

アナウス家の秘術がマモ代の精神を侵食していた。

たとえ実力差があろうとも、それを防ぐ術自体を無力化されては、抗うことはできなかった。

(そも欺瞞と裏切りのアナウスと、ともに図ったのが誤りだったか……っ)

マモ代は慨嘆せずにいられなかった。

ベクターで「救恤」の大天使召喚を企んだ時に続いて、策士またも策に溺れる。

「マモ代ちゃんの肉体、せめて大事に使ってあげるから安心してねー☆」

エイミーに煽られても、もはや言い返すこともできない。

マモ代の自我は、深い闇の中へと落ちていった――

†

バーレンサ王都カーン。

その地下一キロのところに造らせた活動拠点を、サ藤は依然として使っていた。

守護聖獣が一向に出現しないため、このところは鬱憤を溜め込んでいた彼だが、今は上機嫌に笑っていた。

「ハハハハ、そうかそうか！　ケンゴー様はこの僕をご指名か！」

執務室いっぱいに響く、「憤怒」の魔将の笑い声。

隣室に控えている家臣たちは、いったい何事かと不気味がり、息を殺して様子を見守る。

そんな宮仕えの悲しさなど、傍若無人なサ藤は頓着しない。

執務椅子にふんぞり返り、僚将との通信を続ける。

向かった壁面へ大映しにされているのは――空の玉座の傍らに立つ、マモ代の姿。

本日、九月一日。

ライロックの王城から急なコンタクトがあり、魔法による遠隔会談中であった。

『遺憾ながら小官の戦闘力では頼りにならぬ、サ藤以外に安心して任せることはできないと、我が陛下の仰せだ』

渋い表情になって、マモ代が無念げに首を左右にする。


もしサ藤が人間観察の達人であれば――

マモ代の顔つきや立ち居振る舞いに、わずかな違和感を覚えていただろう。

姿形こそ間違いなくマモ代本人のものだが、表情筋の使い方や声の出し方、あるいは口調や何気ない所作に、ほんのほんの微かな違いを見つけ出していただろう。

しかし繰り返すが、サ藤は傍若無人が服を着て歩いているような男だ。

ごく一部の人々を例外とすれば、他者への関心がないこと甚だしい。

仮にこれがマモ代の侍女が扮した大根芝居であったとしても、別人だとは全く気づかなかったに違いない。

ましてエイミーの洗脳魔法により、マモ代本人が超高性能の操り人形とされてるのだなどと、その驚くべき真実にたどり着くことができる男ではなかった。

「承知した。ケンゴー様には、サ藤が勅命賜ったと伝えてくれ」

マモ代（傀儡状態）の言葉を、微塵も疑うことなく拝命する。

「逆賊レヴィ山はこの僕の手で討つ。レヴィアタニア大公国も、僕の軍が焼き滅ぼす」

恐ろしい台詞を、むしろ喜々として口にする。

『頼んだぞ、サ藤。悔しいがおまえの実力がなくては、確実とは言えぬ任務だ』

「まあ、そうだろうさ！　ケンゴー様の一の家臣であるこの僕でなくてはな！」

サ藤は最後まで上機嫌で、マモ代との通信を終えた。

はっはっはっは、となお笑いが止まらぬことしばし——

まるで別人の如く豹変し、冷酷極まる声音で命じる。

「誰ぞある」

「お側に。サ藤閣下」

執務机の影から染み出るように、黒山羊頭の両性具有者がスーッと姿を現した。

腹心のサタナキアである。

「聞いたな？　これよりレヴィ山のいるカフホスへ強襲を仕掛ける」

「既に本国へは下知してございます。五日以内に軍勢が整う見込みにございます」

「大儀」

勝手知ったる腹心の、仕事の速さにサ藤も深い満足を覚える。

これがいつものことなら、それでも「遅い」と中間管理職数人の首を飛ばしている（物理）ところだが、今日は赦す。

「相手はレヴィ山だ、さすがの僕も楽勝とは言うまい。『傲慢』に倣ってしくじれば、魔界中の笑い者となろう。ゆえに拙速ではなく万全を期せ。確実に、徹底的に叩き潰すのだ」

「御意」

一礼し、再び影の中へ沈んでいったサタナキアに、サ藤は委細を任せて見送った。

するとまた笑気が、腹の底から込み上げてくる。

「ククククク……フフフ……うふふふ……はっはっはっはー！　やっぱりケンゴー様が最後に頼りになさるのは僕だったのだ！　嗚呼……っ。レヴィ山を討ち果たした暁には、ケンゴー様になんと言って褒めてもらおうっっっ」

すっかり上機嫌に戻り、執務室に一人、いつまでも高笑いし続けるサ藤。

拠点内にいる家臣たちが全員、気味悪そうに身を縮めていた。

†

一方、再びライロック王宮。玉座の間。

「サ藤の奴、あっさり信じちゃったねー☆」

「奴は武闘派で知られた老シトリーを、あっさりと降すほどの麒麟児だが、言動が極端に走りすぎる悪癖もある。唆すには打ってつけの人物さ」

玉座の左右に立ったエイミーとメフィストが、悪辣に嗤笑する。

既にサ藤との通信は打ち切り、一旦は用の済んだマモ代はまるで人形のような虚ろな顔で、無言で玉座へ腰かけている。

「ちなみに万が一、サ藤がマモ代ちゃんのコト疑ってたら、どうしたのー☆」

「どうもしない。マモ代本人には違いないんだ。その場合は彼女が魔王の勅を騙った格好で、サ藤の憤怒の矛先がマモ代に向くだけだよ」

「どちらにしても七大魔将同士で殺し合いかー☆　メフィストってほんとワルだねー」

千年万年、謀略を磨いてきた「欺瞞」と「裏切り」の一族の現総統が、お株を奪われたとばかりにメフィストという経歴不詳の男を褒める。

左目だけ金色の男は、その目で洒脱にウインクすると、

「私はアンドラスらと違って、直接的な殴り合いは趣味じゃないんでね。楽して勝ちたい——それだけの話さ」

意地の悪い忍び笑いを漏らしながら言う。

そしてその笑い声とともに、メフィストの姿が段々ぼやけていく。

ライロックに現れたこの彼は、実は本体ではなかったのだ。

アナウス家の総統以上に方々での悪巧み（わるだくみ）に多忙な中、エイミーの要請に応（こた）えて分身体（かげ）を送ってくれていたのだ。手助けしてくれたのだ。

影にもかかわらず、マモ代の強力な防御魔法さえディスペルしてしまう怪物なのだ。

「メフィストのそういうトコ好きー☆」

エイミーもキャハキャハと甲高（かんだか）い声で笑いながら、消えゆくメフィストの影を見送る。

玉座の間に残ったメスガキの嘲笑が、陰々と木霊（こだま）し続ける。

魂の抜け落ちたマモ代が一人、それを聞いている。

第五章　最後の晩餐

市場からそそくさと帰宅したケンゴーは、ベル乃と一緒に荷車の食材を下ろす。

四姉妹んちにある地下貯蔵庫へと、せっせと運ぶ。

積荷が残り五分の一ほどになったところでベル乃に任せ、ケンゴーは先に自宅へ。

マモ代の捜索の目から逃れるためとはいえ、ひどい約束をしてしまった。

夕飯まであと数時間、ベル乃に魔力を与えてやらないといけない。

その間ずっとちゅっちゅ♥、ちゅっちゅ♥、唇を貪られるのだ。

想像しただけで頬が火照る。いやらしい。

これがエサを与える親鳥と雛鳥的な関係・行為だと理解しているケンゴーでさえそう思うのだから、他人が事の現場を見たら眉をひそめるに違いない。

（ルシ子たちに見つかるわけにはいかない！）

ケンゴーはそう思って、先に自宅内をチェックしに走ったのだ。

玄関扉を確かめると案の定、鍵が閉まってない。

ルシ子たちは全員、合鍵を持っているから、中に誰かがいるということだ。

居間の方から気配を感じて向かうと、掃除中のシト音を見つけた。

毎日お世話しに来てくれる甲斐甲斐しさも然ることながら、エプロン姿で本棚にはたきをかけている姿が、ケンゴーにとっての「理想のお嫁さん感」抜群である。思わずデレデレ相好を崩してしまう。

(――って見惚れてる場合かよ!)

急いでお引き取り願わないと、ベル乃が来てしまう。

「ただいま、シト音! 掃除ありがとう、シト音! でもそれくらいは自分でやるから、シト音は晩御飯までおうちでゆっくりしてきたらどう⁉」

ケンゴーは疚しさに駆り立てられ、怒涛の勢いでまくし立てる。

シト音もしばし面食らっていた。でも、すぐにしっとりとした微笑を浮かべて、

「そうですか? ではお言葉に甘えて、いま美味しいお茶を淹れてきますね」

「アリガト――じゃなくって! お茶もいいから、俺んちより自分ちの方が寛げるだろ⁉」

「私めはケンゴーさんのお側が一番、寛げるのですけど……」

「ダイスキ――じゃなくって! とにかくお願いですから夕飯まで一人にさせてください!」

「け、ケンゴーさんがそう仰るなら、そうしますけど……」

玄関まで強引に背中を押していくと、素直なシト音は戸惑いつつも従ってくれる。

(今度なんか埋め合わせするから!)

と心の中で謝罪しつつ、ともあれこれでシト音に現場を見られる危険性はなくなった。

他に一階に人の気配はない。

念のため、二階も確認しようと階段を上がる。

寝室を兼ねる自室のドアを開けると――

「おかえりなさい、お兄ちゃん☆」

――と案の定、アス美がいた。

しかも人のベッドの上に。

全裸で。

「アス美を（性的な意味で）ご飯にする？　アス美と（性的な意味で）お風呂にする？　それとも（性的以外の何物でもない意味で）ア・ス・美・に・す・る？」

「ごめん、帰ってくれる？」

しなを作るアス美を、ケンゴーはシーツで簀巻きにする。

「きゃっ、なにするのお兄ちゃんっ。乱暴なのはよくないよお兄ちゃんっ」

「そうだな。よくないよな」

タワゴトは相手せず、ケンゴーはそのまま抱きかかえて一階へ運ぶ。

「逞しいよ、お兄ちゃん☆　その腕でアス美を思いきり抱き締めて、お兄ちゃん☆」

「ハイハイまた今度な。なんか埋め合わせするからな」

タワゴトは相手せず、玄関の外へ放り出す。

これでアス美に現場を見られる危険性はなくなった。


やや間を開けて入れ替わりに、荷下ろしを終えたベル乃が訪ねてくる。

「お疲れー。思ったより早かったな」

「……下ろす場所を変えたらすぐ終わった」

「へー、貯蔵庫じゃなくて？　台所とか？」

「……わたしの胃袋」

「その場で食べたんかーい！」

予想の斜め下の返事にケンゴーはツッコむ。

「……わたしも急いでいた。必死だった」

「あーあー、さぞ大変だったろうなー。食うのに必死だったろうなー」

さも非常事態だったと言わんばかりのベル乃に、ケンゴーは半眼になる。

「……足りない栄養素の補給、ケンちゃんも急いで」

「わ、わかったよ。リビング行こっか」

「……ケンちゃんの部屋の方が盛り上がる」

「な、何が盛り上がるんだよっ」

えっちなことをつい想像してしまい、狼狽するケンゴー。

「……栄養補給だけど？」

「おまえの感性は理解に苦しむ」

ぶつぶつ言いながら、ベル乃を連れて二階へ行こうとする。

ところがベル乃は急に両手を差し出してきて、

「……わたしも抱っこ」

とアス美のように階段を運べと要求してくる。

「まさか見てたの⁉」

「……アス美がシト音に大声で自慢してたのが聞こえた」

「転んでもタダで起きない奴だな、アス美……」

「……わたしもお姫様抱っこ」

ベル乃は両手を差し伸べたまま、甘えん坊のように重ねて要求した。

（アス美と違って、おまえの方が俺より大きいのに！　重いのに！）

とは思っても口にはしないケンゴーである。

毒喰らわば皿までの精神で、ベル乃の望み通りに抱っこで階段を上っていく。

幸い魔族の膂力ならば、身長一九〇超のお姫様だろうが苦もなく運べた。

しかし自室まで行く間にも、ベル乃が我慢できなくなったように「ちゅっちゅ♥」してくるので、そこは困らされた。ヘタレチキンには刺激が強すぎた。

「……美味ひい。美味ひい」

（いいからドアを開けてくれー。俺、両手が塞がってんだよー）

唇もベル乃の唇で塞がれていて、まともにしゃべることもできないケンゴーは目で訴える。

すったもんだで寝室へ到着。

レディーのエスコートなどさっぱり自信のないケンゴーだが、可能な限り優しくベル乃をベッドへ下ろす。

「……ケンちゃん、紳士」

「おまえも淑女的にお願いします。俺の魔力を吸うにも、せめて」

「……じゃあケンちゃんの方からキスして」

ん～、と唇を突き出し、ねだってくるベル乃。

「えっっっ」

「……注文をつける方が手本を示す。社会人の常識」

ん～、と唇を突き出し、ねだってくるベル乃。

「そ、それはそうだけど……」

ケンゴーはもうしどろもどろ。

自分からキスするとか、ヘタレチキンには荷が重い。

身長一九〇超のお姫様より遥かに重い。

そして、ベル乃が堪え性がないことを失念していた。

「……はい時間切れ」

魔界随一と謳われる怪力で腕をつかまれ、ベッドに引きずり込まれる。

そのまま太ももまでからめるように抱きついてきて、唇を貪られる。

「……ケンちゃんの唇、美味ひい。美味ひい」

「んんん～～～～～～～～～っ」

せめて心の準備をくださいと、声にならない悲鳴を叫ぶケンゴー。

だがそれも束の間――

「ケンゴー、今日の晩御飯は何がいーい！」

「んんんんんん～～～～～～～～～～～～～～～～～～～～～～～～～～～!?」

――ドアをバアアアアンと開いてルシ子が登場し、声にならない絶叫がケンゴーの喉から迸った。

「ハァ？　どうしたの、アンタ？」

断末魔を上げる乳兄妹（おさななじみ）に、ルシ子がきょとんとする。

そう、ベル乃がいることに気づいてなかった。

ケンゴーが反射的に隠蔽（いんぺい）魔法を用い、巨体（すがた）を見えなくしたからだ。

ただし本当に消えてしまったわけではないし、今も絶賛ケンゴーの魔力を貪り中。

全身をからめるように拘束されているので、身動きもとれない。

ルシ子の方からは、ケンゴーが変な体勢で寝転がっているように見えるだろう。

「アンタなんか顔が赤いし、熱でもあるの？」

（キス魔に襲われてて俺も興奮を禁じ得ないだけです！）

とは口が裂けても言えないケンゴー。

いや、ベル乃に唇（くちびる）を夢中で吸われていて、しゃべることもできないのだが。

仕方なくケンゴーは、乳兄妹（おさななじみ）とアイコンタクトで意思疎通を図る。

（ところでなんか俺に用か？）

（だから晩御飯、何が食べたいか聞きに来たのよ）

ルシ子は不思議そうにしながらも、アイコンタクトに応じてくれる。

まさか今この時もすぐ目の前で、ベル乃と熱烈な接吻（せっぷん）中だとは夢にも思うまい。

――自分でも自分がクズ男に思えてきて、ケンゴーは情けなかった。泣きたくなった。

ベル乃が栄養不良（ハラペコ）なのも可哀想（かわいそう）なんだけど！

(そんで、何が食べたい？)

(手捏ねハンバーグと自家製ソーセージと手打ちパスタ！)

(ハァ⁉　アンタ、どんだけ手間がかかると思ってるわけ⁉)

(あ、無理ならいいーっす)

(無理とは言ってないでしょ！　このアタシに不可能なんかないのよっ‼)

(さすがルシ子さんマジパネーっすリスペクトっす！)

挑発からの絶賛コンボ。まさにムチとアメの使い分け。

この乳兄妹には効果覿面で、

(サイッコッーに美味しいのを作ってあげるから待ってなさいよねっっっ)

得意絶頂となって部屋を飛び出していった。

(ごめんルシ子……今度なんか埋め合わせするから……)

心の中で謝罪しつつ、今日一日でどれだけ負債を抱えてしまったのかと頭痛を覚える。

ともあれこれでルシ子に現場を押さえられる危険性はなくなった。

「……危機一髪だったね、ケンちゃん」

「誰のせいだよ⁉」

「……栄養補給してくれるって約束したケンちゃんのせい？」

「それはそうだわ！」

ケンゴーはぐうの音も出せなかった。

だから別の話題に変える。

「唇を吸うにも、やっぱりもうちょっと手加減してもらえないでしょうか、ベル乃さん」

「……理由は？」

「この後まだ何時間も続けるわけだろ？　今の調子で遠慮なしに貪るようなキスをされたら、こっちの身が持たないんですが……」

既に唇がヒリヒリしていた。

世の中には「激しいキスが好きなの！」って人もいるだろうが、何時間もぶっ続けではしないだろう。何事にも限度があるだろう。

「……じゃあ、ケンちゃんがお手本して？」

ん～、と唇を突き出し、ねだってくるベル乃。

「この話が振り出しに戻った感……」

「……わたしはどっちでもいい。ハードでも。ソフトでも」

「おまえの頑丈な体を、今日ほど恨めしく思ったことはない……」

憎まれ口を叩きつつも、ケンゴーには逃げ場がない。

このままベル乃の好き勝手にむしゃぶりつかれたら、本当に身が持たない。

数時間後、ボロ雑巾のようになっている自分の姿がありありと想像できる。

顔中を冷や汗まみれにしていると――不意にベル乃が言い出した。

「……ケンちゃんは本当に優しいね」

「え？　どういう話の流れ？」

困惑して訊ねると、ベル乃はクスリと笑ってみせる。

なんともミステリアスな微笑だった。

普段の「ぽへー」とした彼女からは想像もつかない。

おかげでケンゴーは、ますます真意が汲み取れない。

果たしてベル乃はその顔つきのままで、

「……わたしとキスするのは嫌？」

「ヤ――じゃない。正直に言えば」

「……でも、気後れする？」

「するする俺にはハードルが高い！　童貞ですので」

「……だったら逃げればいいのに」

「そ、そういうわけにはいかないだろ。栄養補給するって約束したし。第一――」

――ベル乃をハラペコバーサーカーにさせるわけにはいかない。

その言葉をケンゴーは呑み込んだ。

魔族の記憶を失くした今のベル乃にしても、チンプンカンプンだろうと思って。

ところが、

「……第一、わたしをハラペコバーサーカーにさせたくない、から？」

続いたベル乃の思いもよらぬ台詞に、ケンゴーはもうびっくり仰天させられた。

「おまえ、まさか記憶がっ――」

「……陛下の優しいところ、わたし、好き」

皆まで言わせず、ベル乃が思い切り抱きついてくる。頬ずりしてくる。

魔力を吸う以外の、こういったスキンシップは珍しかった。

ケンゴーはされるがままになりながら考える。

でも納得がいったらいったで、

（俺だって魔王の記憶が残ってるんだし、他にも忘れてない奴がいて当然っちゃ当然か）

「憶えてるんなら、早く教えてくれればよかったのに。人の悪い奴だな」

「……陛下だって記憶があること黙ってた」

「そ、それは、庶民暮らしが心地よくてつい！」

「……わたしも今の生活、好き。続けたい」

「う。だったらお互い様だな」

「……わたしたち共犯者」

ベル乃がまたクスクス笑った。

でも今度は意味深なものではなく、無邪気な笑顔だった。

そのまま、

「……優しい陛下に、聞いて欲しい話がある」

「な、なんだよ、改まって」

「……わたしが今の暮らしを、続けたい理由」

「お。それは聞きたい」

「……ベルゼブブ家の話」

「お。ぜひぜひ」

ケンゴーは重ねてお願いした。

ちょうどつい先日、ルシ子と話題にしたばかりだ。

ベル乃が所領ではどんな生活をしているのだろうかと、気になっていたところだ。

そして、今の生活とどう関わる話なのか？

興味津々で拝聴する——

†

「……うちの親、とても厳しい人」

とベル乃は言った。

「俺もルシ子からも聞いたわ」

とケンゴーは相槌(あいづち)を打った。

「なんでもベルゼブブ家の悲願は、ルシファーとサタン両家の打倒だって？　そのための悪巧(わるだく)みと暗闘を何千年も続けてる、過激なお家柄だって？」

「……だから、わたしにも強要した。育てようとした」

そこまではケンゴーも想像に難(かた)くないところだった。

でも、すくすく育ったのはこの人畜無害なベル乃さんである。謎(なぞ)である。

「……わたしは戦うことが嫌い。食べることが好き」

「ええ、それは重々承知しておりますが」

「……だからわたし、親には反抗的。言うこと聞かない」

「魔王陛下の言うことも聞かない人ですしね。そりゃあね」

「……魔法の修業もボイコット」

「魔法がド下手なベル乃さんの誕生秘話、そういう理由なの!?」

ポンポンとツッコむケンゴー。

でも――すぐに軽口など叩いていられなくなった。

「……ちっちゃなころから反抗的だったわたしを、親は殴って躾けた」

と――ベル乃の衝撃的な告白に、絶句させられた。

(まさか虐待を受けてたなんて……)

ケンゴーは目を剝き、もう真剣になって耳を傾ける。

「……だからわたし、いっぱい食べて、いっぱい体を鍛えた。誰よりも頑丈になれば、ぶたれても平気になると思った。実際、わたしは魔界で一番頑丈になった」

ベルゼブブ家の異端児が生まれた、これが経緯。


(どっかで聞いた話だな……)

ケンゴーは深い共感を覚える。

自分は魔法の修業こそ勤しんだが、究めたのは「防御魔法」「治癒魔法」「解呪魔法」の三種のみ。

どれも全て敵を滅ぼすのではなく、自分の身を守るための手段だ。

「偉いな、ベル乃」

魔界一番になるまで自己鍛錬したのも、決して親にやり返さなかったことも。

「……わたし、頑張った」

「じゃあもうそのＤＶ親も、おまえに何も言えなくなっただろ？」

「……うん、言えなくなった」

答えたベル乃はしかし、うれしげでも誇らしげでもなかった。

むしろ真逆の表情だった。

沈鬱(ちんうつ)な声音で続けた。

「……だから親たちは、強硬手段に出た。わたしが十二歳の時」

「十二歳？」

と聞いて、ケンゴーの記憶を刺激するものがあった。

ルシ子から聞いた話の中に、そのフレーズが出てきたはずだ。

そして、記憶違いではなかった。

「……わたしに無理やり戦いの味を覚えさせるため、親はわたしに食事を与えるのをやめた」

「『血のハラペコバーサーカー事件』……」

暴走した幼いベル乃が、一族郎党を血祭りに上げたという惨劇。

ケンゴーは再び絶句する。

(子ども相手に暴行の次は絶食だ？　どんだけ毒親なんだよ！)

事件の原因は不明だとルシ子は言っていたが、まさかそんな惨(むご)い理由だったとは。

「……悲しかった」

事件を振り返ったベル乃は、噛(か)みしめるように言った。

「……兄さんや姉さんは、ひどい人たちばかりじゃなかった。……城の人たちの中には、わたしを可愛がってくれた人もいっぱいいた。……暴走したわたしが目を覚ました時、その人たちは半死半生になってた。……わたしの手と口は真っ赤に染まってた」

一言、一言、反芻しては咀嚼するような、切々としたベル乃の語り口。

「……もう親も、誰も、わたしには何もやかましく言ってこない。……わたしが恐くて、誰も逆らわない。……わたしの城で、わたしは王様。……好きな食事だけして生きて、誰にも叱られない。でも——」

「……でも？」

「——いつもわたし、ご飯は独り。……もう誰も一緒に食べてくれない。……美味しいけど、美味しくない」

「そう……か……」

ケンゴーはもう胸が詰まる。

ベルゼブブみたいな過激な家で、マイペースなベル乃が普段どうしているのか、これが真相。

「おまえがどうして今の生活を続けたいのか、よくわかったよ」

打ち明けてくれたおかげで、ケンゴーはベル乃の心情が理解できた。

なぜ彼女の家庭事情と、今の庶民暮らしがつながるのか？

「みんなでご飯食べる方が、美味しいもんな」

「……うん。幸せ」

沈んでいたベル乃の表情が一瞬、ほっこりと和らぐ。

魔王城にいたころだって、時には一緒に食べることもあった。

でもそれはあくまで魔王と魔将の、あるいは僚将同士の「会食」でしかない。

ベル乃は家族との「団欒」に飢えていたのだ。

「おまえのこと誤解してた。食べることしか興味がないのかと思ってた。お腹いっぱいになりさえすれば、なんでもいいのかと勘違いしてた」

魔界にいた方が、お腹いっぱい食べられるだろうに。

この庶民暮らしでは、ひもじい想いもしているだろうに。

ベル乃は量より質──原始的な食欲よりも、家庭的な食事を優先させたいというのだ。

「……仕方ない。わたしもそういう風に振舞ってた」

ベル乃がそっと頬を寄せてきて、ケンゴーも応じる。

まるで子犬同士が仲直りするように、しばしじゃれ合う。

「一個だけ心配があるんだけど」

「……わたしがハラペコバーサーカーにならないか？」

ケンゴーはうなずいた。

このまま庶民暮らしを続けるのは、ケンゴーにとっては願ったり。

でも満腹にはなれないベル乃にとっては、常にその危険性と背中合わせだ。

「不安はないのか……？」

訊ねると、ベル乃は答える代わりに自分の掌をじっと見つめた。

その手が真っ赤に染まったところを、思い返しているのだろう。

愛すべき兄姉や家臣たちを傷つけたという、血塗られた手だ。

ベル乃がぼっちご飯を余儀なくされる原因を作った手だ。

そして今またバーサークすれば、四姉妹での団欒をこの手で破壊してしまいかねない。

魔将としての記憶をなくしているルシ子たちに、抵抗する術はない。


「……わたし、ハラペコバーサーカーになるのは、もう懲り懲り」


苦渋と哀切に満ちた声で、ベル乃が訴えた。

「血のハラペコバーサーカー事件」が彼女のトラウマになっているだろうことは、想像に難くなかった。

ケンゴーだとて日々、家臣たちの暴走に頭を抱えていたのは、もしそれを止められなかった時、自分が一生夢に見て魘されることがわかっているからだ。

全力でトラウマ回避しているからだ。

でも、まだ十二歳だったベル乃には――ましてそれが他でもない、親から仕向けられたものでは――回避不可能な事件だった。

毒親にトラウマを植え付けられたようなものだった。

その心中、察するに余りあるではないか！

「もちろん俺だって、そうならないように協力する！」

ベル乃が見つめているその手を、ケンゴーは両手で包み込むようにする。

彼女の手へ莫大な治癒(ちゆ)の魔力を注(そそ)ぐ。

回復魔法を究めたケンゴーといえど、心を癒(いや)す術はない。

でも、ベル乃を「空腹」状態から回復させることくらいなら、いくらでもできる。


「……うん。ケンちゃんのこと、信じてた」


感謝と親愛でいっぱいの声で、ベル乃が笑った。

ようやく笑ってくれた。

「……だって〝赤の勇者〟の時も、陛下は一生懸命、わたしを助けに来てくれたから」

だからこの庶民暮らしにも不安はなかったと、ベル乃は言った。

「……今もケンちゃんはなんだかんだ言って、わたしの栄養補給(はげしいキス)につき合ってくれてる」

だからこれからの庶民暮らしにも不安はないと、ベル乃は言う。

「……そんな優しい陛下（ケンちゃん）が、わたしは好き」

愛情と情熱に満ちた瞳（ひとみ）で、ベル乃に見つめられた。

ケンゴーは照れ臭くて仕方ない。

でもベル乃の目から目を離せない。

その熱っぽい瞳に吸い込まれるように、ケンゴーは彼女の顔へ顔を寄せていく。

「栄養補給……続けないとな……」

「……うん。……お願いします」

ベル乃から一方的に、激しく貪られるのではなくて。

今度はケンゴーから、優しく唇に唇を重ねようとする。

（こいつの顔、こんなにまじまじと見るのは初めてかもしれない……）

ケンゴーは改めてそう思った。

今まではキスされるたびに半ばパニックになっていて、じっくり見る余裕なんてなかった。

ベル乃はそれこそ、前世ではまずお目にかかったことがないレベルの美少女だ。

ちょっと童顔だけど、それがまた愛敬があるというか。マイペースな性格に似合っている。

眼光は穏やかで、瞳を覗き込むとびっくりするほど深い。

睫毛も羨ましくなるほど長い。

唇は厚すぎず薄すぎず、いい感じに肉感的だ。

そのベル乃の唇へ、ケンゴーはおっかなびっくり自分の唇を寄せていく。
あとちょっと……、
もうちょっと……、
ベル乃も急かしたりしない。野暮なことは言わない。
黙って待ってくれる。
だから、ケンゴーもようやく覚悟が――

「お助けください、我が陛下アアアアアアアアアアアアアアアアアアアア!!」


――決まりかけた瞬間、ドアがバアアアアアンと開け放たれた。

もうびっくりだよ！

もうびっくりですよ！

危うく心臓が止まりかけたよ!!

「……その声、マモ代?」

とベル乃も目を丸くしている。

二人で抱き合った格好のまま固まり、闖入者（ちんにゅうしゃ）を凝視する。

「小官の命が危ないのです！　どうかどうかご慈悲を！　我が陛下（マインカイザー）！」

確かにそいつはマモ代の声で救助を求めた。

でも――

どう見てもそいつはクマのぬいぐるみだった。

一階のダイニングキッチンに飾ってある「両親」の形見だった。

「シャベッタアアアアアアアアアアアアア!?」

さっき以上の驚きで、ケンゴーは絶叫せずにいられなかった。

†

「レイナー五世は勇者などではなかったのです！　いえ、そもそも人族ではなかったのです！　その正体はアナウス家の現総裁エイミー！　魔界の大貴族だったのです！」

マモ代の声をしたクマのぬいぐるみが、切羽詰まった様子で訴えた。

場所は一階へ移動してリビング。

ベル乃がソファに腰かけ、ぬいぐるみを抱っこしてる。

同時に焼き菓子を貪り、食べかすがぬいぐるみの脳天に降り注いでいるが、必死なマモ代は気づいていない。

ケンゴーも対面のソファに腰かけて、

「アナウス家ってーと？」

「……マモ代の分家の分家。『欺瞞』と『裏切り』をお家芸とする危険な一族」

教えてくれたのは、意外やベル乃だった。

声音にはマモ代への批難の色が混じっていた。主家の主家であるキミは何やってるの？　と。

（う～んベル乃とは思えない手厳しさ）

今日は本当にベル乃のいろいろな一面というか、食べ物のこと以外でシリアスになるところを見せてくれる。

一方、ぬいぐるみはしどろもどろで、

「当家とは遠縁に当たり、粗忽にも動向など把握していなかったのです……。そして、小官はその代償を支払う羽目となりました。ライロックを穏当に征服するため、レイナー五世に接近したところを、いきなり未知の洗脳魔法で不意打ちにされたのです！　勇者王の正体がまさかエイミーだと思ってもいなかった小官には、これに抵抗する術はございませんでした」

「待て待て待て……」

ケンゴーは記憶を刺激されるものがあって、ぬいぐるみの長広舌に待ったをかける。

「そのエイミーって奴、もしかしてベロが長くて刺青（いれずみ）入れてない？」

「はい、我が陛下（マインカイザー）。よくご存じで」

「見るからにメスガキっぽい奴？」

「……そうそう」

「やっぱりあいつか！」

ぬいぐるみとベル乃が交互に首肯し、ケンゴーも得心がいく。

思い返すのはレイナー五世（と名乗った男）の脂（あぶら）ぎった顔。

そして彼に招かれた後宮でのパーティーで、ケンゴーは肥満体の勇者王と謎のメスガキを、何度も見間違えるという奇妙な体験をした。

てっきり泥酔したのが原因の錯覚だと思っていたが、恐らくは高度な幻覚魔法を用いて変身していたエイミーの正体を、ケンゴーの「眼」が無意識に看破していたのだ。

「じゃあもしかして、俺たちがいきなり庶民暮らしを始めた原因も、そいつのせいか……？俺たちが酔っ払って寝ている間に、記憶でもいじくったのか？」

「はい、我が陛下。付け加えればこの家も隣家も銭湯も、四姉妹の設定や近隣住人との過去も、**全て**エイミーの用意した偽りの舞台でございます」

「するとそもそもの話、ライロックに俺たちを誘き寄せたのも……？」

「洗脳された小官がエイミーの操り人形と化して、奴の後宮へとお招きしてしまったのです！　そうでなければこのマモ代めが、我が陛下を罠だと承知で誘き寄せるなどと、**天地がひっくり返ってもあり得ぬこと**でございます！」

もし真相を知る者がいれば呆れ返るだろう虚言を、しゃあしゃあと口にするマモ代。名演技。しかしケンゴーはむしろ腑に落ちるばかりで、

（だよなー。マモ代ほどの忠臣が俺たちを裏切るはずがないもんなー）

と、うなずくこと頻りだった。

「……じゃあ今のマモ代は何？」

ベル乃が焼き菓子をつまんだ油でテカった手で、ぬいぐるみの頭を撫で回しながら聞く。

声音には批難の色がさらにたっぷり塗されている。

「もし小官の身に何か起きた時に、精神の一部を肉体から切り離して逃走できるよう、あらかじめ儀式魔法で備えておいたのだ」

「……ふーん。敵はエイミーだって知らなかったのに？」

「『用意周到』こそ小官の座右の銘よ」

「……その割に、ここに来るまで時間がかかったね？」

「せめてエイミーの計略の全容を暴くまでは、我が陛下(マインカイザー)にお見せする顔がないと思ったのだ。魂のみとなり、奴の近くに潜んでいたのだ。そして今日それが叶(かな)ったため、急ぎ馳(は)せ参じたという次第だ。このぬいぐるみに憑依(ひょうい)してな」

ビシビシと追及をくり返すベル乃に、すらすらと答弁してみせるマモ代。


(——ていうかさあ)

なんだろう、このベル乃さん。

俺の知ってる食いしん坊万歳じゃないっていうか。

さっきから妙に鋭いところを見せてくれるっていうか。

いや、ベル乃さんなりに食べ物のことばかりじゃなくて、いろいろ考えて生きてるんだなあって、俺もさっき理解できたよ？

でもマモ代相手に向こうを張ってるのは、さすがにびっくりっていうか。

悪いものでも食ったの？


——とケンゴーが内心、首をひねっている間にも、マモ代（ぬいぐるみ）が訴えを続けた。

「我が陛下(マインカイザー)におかれましては、既にエイミーの如(ごと)きの呪縛(じゅばく)を脱し、すっかりご記憶をお取り戻しあそばしたようお見受けいたしました！　藁にも縋る想いで陛下のお力を頼った、小官の判断は間違ってございませんでした！」

「お、おう……ファ……ファファファ……さすがはマモ代だ。お見通しであるか……っ」

（俺の平和な庶民暮らし、もう終わりかあ……）

ケンゴーは顔で笑って心で泣いた。

（多分だけど、こないだ開発した《健全なる魂は健全なる肉体に宿れかし》が、ちゃんと機能したんだろうな）

この期に及んでようやく真実にたどり着いた。

しかし、そうなると腑に落ちないことも出てくる。

マモ代も同じ疑問を抱いたようで、

「また小官の見ますところ、意外にもベル乃が記憶を取り戻しておるようですが……」

「魔法ド下手なのにな……」

ルシ子やアス美ですら未だ逃れ得ない強い呪縛の影響から、どうやって脱したのか？

果たしてベル乃は普段の「ぼへー」とした顔で答えた。

「……わたし、最初から記憶を奪われてなかった」

「え、どうやって防いだの⁉」

ケンゴーですらあの酩酊状態では、防御魔法が間に合わなかったのに。

「……わたし、マイペースな性格なので」

「そういう次元の話かよ！」

ケンゴーは脊髄反射的にツッコんだが、しかし現実にベル乃は無事だったので、理屈はどうあれ彼女のメンタルに助けられた。

身体的な意味での頑丈さは知っていたが、なるほど七大魔将でも一、二を争う実力の持ち主、ベルゼブブ家の異端児恐るべしだ。

マモ代も納得したようだ（理屈と現実が食い違う時、正しいのは現実の方だと、いつぞや言ってのけたのもマモ代だ）。

もうベル乃は放ってケンゴーへと向き直り、

「小官の本体は未だエイミーの傍で、傀儡とされております！　どうかお救いくださ い、我が陛下！　あの気まぐれなメスガキにいつ使い捨てられ、廃棄処分されるかもわかったものではございません！　御身だけが頼りなのです！」

「も、もちろんだとも。おまえほどの忠臣、余は見捨てはせぬ」

（それはまぢ本音なんだけどっ！　でもあのエイミーって奴、強そうで恐いっっっ）

ケンゴーは顔で笑って心で嘆いた。

一方、ベル乃はまたマモ代の脳天に食べかすをこぼしながら、いつにない冷淡さで、

「……自分でやったら？」

「貴様に言われずとも、できるものならやっている！　精神の一部を切り離しただけのこの状態では、ろくに魔力を振り絞ることができん。そこらの雑魚ならともかく、アナウス家の総統相手は無理だ！」

（やっぱツエエエエエんじゃんエイミー！）

ケンゴーはもう笑顔を装う余裕さえなくし、顔を引きつらせた。

しかし、マモ代の本体を取り戻してやるためには、その強敵と相対せねばならない。

「――そっ、そうだ。まずは他の皆の記憶も蘇らせるのが、先決であろう！」

シト音こそ戦力にならないが、ルシ子やアス美は確実に頼りになる。

いくら罠だったとはいえ、七大魔将のうち四人もライロックに招き入れてしまったことを、エイミーに後悔させてやろう！

「畏れながら我が陛下、それは難しいかと存じます……」

「え、なんで⁉」

「彼奴はアナウス家相伝の秘術を用い、ルシ子らに捏造した記憶を植え付けると同時に、魔族としての記憶部分を抜き取っておるのです」

「ならば皆にかけられておる呪縛を、余が解呪できたとしても……？」

「はい。庶民設定や四姉妹設定は頭の中から綺麗さっぱり消え去りましょうが、肝心の記憶が戻らぬままでは戦力になりませせぬ。さらに申し上げればその場合、ルシ子らの頭の中がどんな状態になるやら、皆目(かいもく)見当がつきませぬ」

「……最悪、人格面に重篤(じゅうとく)な破綻(はたん)が生じるかも」

ベル乃が口にした懸念に、ケンゴーはゾーッとさせられる。

「マモ代の本体同様、皆の記憶をエイミーから取り戻す必要があるということか……」

相伝だか秘術だか知らないが、また面倒臭い魔法を使いやがって！

これだから魔界の名家の奴らはどいつもこいつも！

「畏れながら、むしろ我が陛下(マインカイザー)のご記憶がご健在なのが、小官には不思議なくらいで」

（やっぱ《健全なる魂は(オートマチック)健全なる肉体に宿れかし(ヘルスケア)》のおかげだろうな……）

常時、心身の異常をチェックし、重度の問題が出れば自動的に修復するというオリジナル魔法なので、エイミーに記憶を抜き取られた状態でも、その記憶自体を元通りにしてくれたのだ。

エイミーからしてみれば、ケンゴーの秘術も充分に「面倒臭い魔法」に違いなかった。

「とにかく、ルシ子らの力は当てにできぬのはわかった……」

ケンゴーは精一杯威厳を保とうとしながら、しかし蒼褪(あおざ)めた顔と震え声で言った。

「ゆえにサイラント地方におるサ藤(とう)らを呼ぼう！」

いくら策略だったとはいえ、七大魔将のうち三将をライロックに誘き寄せなかったことを、
エイミーに後悔させてやろう！

「畏れながら我が陛下(マインカイザー)、それも不可能です……」

「え、なんで⁉」

「通信魔法を阻害する装置が、ライロック全域に整備されておるのです。エイミーの許可なしには魔法で連絡を取り合うことはできませぬ」

「策略にしても準備良すぎない⁉」

「そもそもこの国自体がエイミーが建て、思う様に育てた、彼奴の箱庭なのです」

「めっちゃアウェーじゃん俺ら⁉」

魔王風を吹かすのも忘れ、素になって叫びまくるケンゴー。

それくらい状況は追い詰められていた。

八方塞がりに感じた。

（結局、俺一人でやらなきゃいけないのか……）

そう思うと震えが止まらなくなってきた。

でも、この時、ケンゴーは――

いつものように、運命（かみさま）を呪（のろ）わずにすんだ。

天を仰（あお）いで、嘆く前に。

「……わたしも陛下と一緒に戦う」

――と。

ベル乃が焼き菓子を食べる手を止め、真剣な顔で言ってくれたからだ。

「いいのか、ベル乃！」

マモ代が靦面に喜色を浮かべた。

実力は折り紙付き、しかし普段はテコでも動かないベル乃が、戦意を見せてくれたのだから、当然の反応だろう。

（うーむ……）

しかしケンゴーとしては素直に喜べない。

戦うことが嫌いで、厳しい毒親にも反抗し、虐待を受けても折れなかったというベル乃の話を聞いたばかりだ。

その意志を尊重したいというか、安易に力に頼るのは如何なものか。

「無理はしなくていいんだぞ？」

「……でも、みんなの記憶を奪われてると聞いては、放っておけない」

一緒に戦うという、ベル乃のその意志もまた固かった。

ケンゴーとしてはありがたいことこの上ない。

（思えばシト音を毒夫から取り戻しに行く時も、ベル乃は自発的に戦ってくれたよな……）

しかも今回、ルシ子たちの記憶を取り戻すことは、ベル乃が望んでやまない四姉妹での団欒の日々の、終わりを意味するというのに。

（俺のこと優しい、優しいって言ってくれてたけど、おまえこそそうじゃんか……）

ベル乃がどれだけの想いで助太刀を買って出てくれているのか——ケンゴーは決して小さくない感動を覚えていた。

一方、自分の本体が懸かっているマモ代は、もはや小躍りしながら、

「いと穹きケンゴー魔王陛下のお力に、剛腕無敵のベル乃の助勢まであれば、これぞまさに鬼に金棒というもの。エイミー如きもはや敵ではございませんな！」

「……マモ代は調子がいい」

ベル乃が憮然顔になって、クマのぬいぐるみを引っ張ったり圧し潰したり弄んだ。

「貴様こそたまーに戦る気を出したからといって、調子に乗りおって！」

オモチャにされたマモ代が全力で脱出すると、柔らかいぬいぐるみの足で蹴って反撃した。

いがみ合いというよりは、それこそ姉妹がじゃれ合うような、微笑ましい姿。

ケンゴーは目を細めて二人を見守る。

わずか一月足らずの平和な日々の、これが最後の名残なのだと己もまた自覚し、惜しみながら、せめて味わい尽くすように。

†

宮殿への出撃は夕飯の後、夜が更けてからということになった。

もちろん、ルシ子たちには内緒だ。

ケンゴーもベル乃も素知らぬ顔をして、マモ代も棚でぬいぐるみのふりをして、ルシ子やシト音、アス美たちと食卓を囲む。

全くの偶然だが、今夜の献立は豪勢なものとなった。ルシ子がケンゴーの無茶苦茶な希望通りに、手間のかかる料理を三品も用意してくれたからだ。

「このアタシの手捏ねハンバーグに世界中が平伏すがいいわ！」

「……ちゃんと肉塊から丁寧に叩いて作られた挽肉は弾力に富み、しかも丹念に捏ねたことで空気がしっかりと抜け、ハンバーグ全体がネットリとした食感に高められている。牛肉と豚肉の塩梅も完璧、上品且つジューシィ極まりない。そして、刻んで混ぜ込まれた走りのポルチーニがその妖しい風味を以って料理のクオリティを一段、高いものとし――」

ルシ子謹製ハンバーグのあまりの美味さに、どちらかといえば口数の少ないベル乃が、グルメ漫画で出てくる胡散臭い料理評論家のオッサンみたく饒舌になっていた。

いいから早よ食べろよ。

「ソーセージだって市場まで新鮮な豚の腸を買いに行って、一生懸命洗ってから挽肉とハーブを詰めるっていうメンドイ作業を、手抜き一切なしに作ってあげた完璧主義者のこのアタシに感謝しながら食べなさいよね！」

ルシ子が豪語するだけあって、一噛みすれば口の中で肉汁が迸る、素晴らしい逸品だった。

だというのに、

「でもアス美はどうせ感謝するなら、ケ、ケンゴーお兄ちゃんのソーセージを食べたいなー☆」

アス美がソーセージをいやらしく口に咥えたまま、淫靡にしゃぶるジェスチャーを始めて、周りが微妙な空気になる。

食べ物で遊ぶんじゃありません！

「手打ちパスタも**十キログラムくらい**茹でたから、好きなだけ食べなさいよ！」

「ルシ子ちゃんが一人で全部作ると言い出した時は、手伝わなくていいのかと私めも心配していたのですが……。でもどの料理も本当に美味しくて、しっかりしていて」

「ついにシト姉もアタシの腕前に降参したようね！」

「うふふ。ルシ子ちゃんの成長が、お姉ちゃんはうれしいです」

「そ、そうかしらっ。アタシくらいになるとこれくらいトーゼンだけどっ」

しっとりと微笑んだシト音に絶賛され、あれだけ自慢げにしていたルシ子が、かえって照れ臭そうになってそっぽを向く。

「でも実際めっちゃ美味いよ」

ケンゴーもパスタをいただきながら褒めちぎった。

手打ちの麺は太さがバラバラで、なんなら一本とっても太い部分と細い部分が均一になっていないが、だからこそ複雑玄妙な食感を生み出す。

乾麺と違って表面の小麦もざらついていて、それがソースによくからむ。

また名残のトマトで作ったソース自体も美味！　ごろごろ入っている旬の秋茄子も◎だ。

「お代わりならいくらでもあるから、遠慮なんか要らないんだからね！」

「この短時間でこれだけ妥協のない料理を、こんなにたくさん用意できるのですから脱帽です」

「ルシ子姉ちゃんってマジ完璧超人だよねー。残念な性格以外はー☆」

「ぬぁんですってアス美ぃ⁉」

褒めたり照れたり、からかったり怒ったり――

話題と感情がくるくると回り、談笑に花が咲く。

「お隣さん」の「四姉妹」は今日も本当にかしましい。

ケンゴーの隣に座る次女（ベル乃）もまた、ふと食事の手を止め、訊ねてきた。

「……結局、陛下は誰のことが好きなの？」

聞いて、ケンゴーはデジャヴュを覚えた。

以前にもこんなにぎやかな食事中、ケンゴーはいったい誰と結婚するつもりなのかと一問着（ひともんちゃく）が起きて、ベル乃に鋭いツッコミを受けたことがあったのだ。

しかし今日、ベル乃が同じ問いかけをしながらも、彼女が求めている答えは別にあることを、ケンゴーは正確に感じとった。

だから、こう言った。

「そういうベル乃はどうなの？」

「……全員好き」

「だよなあ」

季節は秋に入り、夜が更けていく。

最高の晩餐に。最高の団欒。

戦いの前の景気づけとして、これ以上のものがあるだろうか？

ヘタレチキンが勇気を奮い起こすに足る光景だった。

バーレンサ王城前の閲兵広場を、残照が赤く染めていた。

そこにいる六百六十六の戦士らは、早や返り血を浴びたが如き物騒な気配を醸し出していた。

サタルニア大公国でも、最強の兵士たちだ。

「憤怒」の魔将サ藤が、側に置くことを許した近衛たちだ。

本国の軍団が到着するにはまだまだ時間がかかるが、サ藤はまずこの最強部隊を第一陣に、**拙速**に動くと決断したのだ。

「レヴィ山の動きは追えているな？」

サ藤は兵どもに拝謁の栄を与えながら、誰にともなく諮る。

即答したのは参謀団に並ぶ一人、サ藤には区別がつかないが情報担当官である。

「はい、サ藤閣下ッ！　レヴィ山めは我らの出動に呼応し、ベル原と連携をとる構えです！」

「フン。さすが如才のない奴だ」

サ藤はつまらなそうに鼻を鳴らすと、また誰にともなく命じた。

「ならば僕たちは奴らに先んじて移動する。ケンゴー様に褒めていただくため、せねばならぬ」

「「「はい、閣下！　承知仕りました、サ藤閣下！」」」

「「「我ら総員、いつでも準備できております、サ藤閣下！」」」

「よろしい」

サ藤は持って生まれた膨大な魔力を練り上げ、呪文を詠唱する。

彼ほどの術巧者をして、長大な詠唱を必要とするほどの戦略級魔法を行使する。

魔法を使わせれば当代随一と評判のサ藤であるが、どうしても得手不得手は存在する。

彼が十八番とするのは火炎魔法と、時空に干渉する魔法。

特に後者は、ただでさえ至難とされる分野であるにもかかわらず、サ藤は自在に使いこなすことができた。

まさに傑出していた。

そしてサ藤の戦略級魔法が完成に近づき、広場の地面いっぱいに漆黒の魔法陣が顕れる。

六百六十六人の近衛兵たちが、サ藤とともに闇色の陣の中へ呑み込まれていく。

あたかも地面の下へ沈んでいくかのように、ゆっくりと。

一部隊丸ごと、目的地まで転移させるのだ。

そもそも瞬間移動魔法の類は、集団での運用が難しいというのに。

長距離の移動にも向いていないというのに。

だがサタン家の麒麟児は、その困難を容易に為さしめた。

「征くぞ――」

その青い瞳は冷酷な光を湛え、押し殺した「憤怒」で満ち満ちていた。

†

ルシ子たちが寝静まったのを見計らい、ケンゴーとベル乃は家を出た。

深夜。日付は九月二日へ跨ごうとしていた。

魔族は夜目が利くため、灯りの類は必要ない。もっとも条件はエイミーも同じだから、夜襲という意味での効果は期待できない。

またマモ代はどうせ戦力にはならないということで、別行動をお願いした。飛翔魔法くらいは使えるため、サ藤らへ救援を求めに一翔けしてもらっている。

ただしバーレンサ国境まで三日はかかる、あくまで保険というか次善の策にすぎない。

やはり本筋的には、ケンゴーとベル乃が奮闘するしかない。

王都ヴィラビレ中心部に聳える、宮殿へと一路――

その道中、ルシ子たちの前ではできなかった作戦の打ち合わせをする。

「最悪のケース――エイミー本人と、エイミーの操（あやつ）るマモ代と、マモ代が言ってた謎（なぞ）の解呪魔法（ディスペル）使いで、二対三になるよな？」

と、裏通りを行くケンゴーが確認すれば。

「……最悪は他（ほか）にも強敵がいるケース。でも、それは考えても仕方がない」

と、隣を歩くベル乃が指摘する。

「あー、なるほどそっか」

城にいる敵が三人だけというのは思い込みだった。

また仮にあちらに助っ人がいたとして、その人数や実力が不明では対策の立てようがない。

あーだこーだ考えるだけ無駄。

「どうにもならない戦力差だったら、潔（いさぎよ）く逃げよう……」

「……賛成」

その腹積もりだけお互い持っておく。

（しかし、今日のこいつは本当に頼もしいな！）

隣を歩くベル乃の横顔を、ケンゴーはチラッと盗み見る。

ただの食いしん坊だと思っていたのに、そうではなかった。

今日だけでベル乃の、いろいろな一面を知ることができた。

ベルゼブブ家での凄惨な過去や、家族との団欒に飢えていた真情もそうだ。

記憶を失っていなかったのに、ちゃっかり隠していたのもそうだ。

さらには昼間の、マモ代相手にビシビシ鋭くツッコんだ時といい、今この二人作戦会議での受け答えといい、実は思慮深い一面も持ち合わせていたとは。

まさにうれしい誤算だ。ケンゴーも安心して相談できる。

「じゃあさ、ベル乃。二対三になったケースだけど――」

「……最優先はマモ代にかけられた洗脳魔法を、陛下が解呪すること」

「だな。そしたら逆に三対二に持ち込めるし」

「……わたしがエイミーとディスペル使いを引き受けるから、陛下はマモ代との戦いに専念」

「え、大丈夫か？　無理してないか？」

「……そもそもディスペル使いは、わたしも陛下も相性悪くないと思う」

ベル乃の指摘に、ケンゴーはその点なるほどと首肯した。


まずベル乃は魔法を一切使わず、基礎身体能力にものを言わせて戦うスタイルなので、そもそも何かディスペルする対象がない（ケンゴーにとっても、七大魔将の中で一番戦いたくない相手かもしれない）。

また魔法の原理的に、「解呪魔法は解呪できない」という性質があるため、ケンゴーと件のディスペル使いは互いに決め手を欠いて、お見合いしかできない公算が大きい。

少なくともケンゴーがディスペルでマモ代の洗脳を解くのを、そのメフィストなる謎の男に横からディスペルされ、妨害を受けるといった心配はない。

ケンゴーが「ゲーム脳」すぎるだろうか？

「じゃあ、エイミーの方は大丈夫なのか？　相性悪くないか？」

トリッキーな魔法使いと物理極振りの戦士とでは、後者の方が分が悪いと考えてしまうのは、

「……精神に干渉する魔法は、わたしには効かない」

「ベル乃はマイペースだもんな！」

見習いたい、このメンタリティ。

すぐ脳内で右往左往しているヘタレチキンとは大違いだった。

しかし、エイミーが得意とする魔法分野はもう一つあるのである。

ケンゴーが心配しているのはそちら。

果たしてベル乃は大らかな態度のまま、

「……一言に幻影魔法といっても、二種類に大別される」

「うん、そうだな」

ケンゴーだって魔法のことは必死に学んだし、自分が得意ではない分野のものでも、基礎的

なことは知っている。

　ベル乃が言っているのは、同じ幻を相手に見せるのでも、アプローチの方法が大きくわけて二種あるという話だ。

　例えばアス美が得手とするのは、他者の五感を狂わせることで幻覚を見せるやり方。

　例えばマモ代が得意なのは、立体映像や音声、匂いなどを零から偽造するやり方。

　前者は見せる幻覚のイメージが大雑把でも騙せるのがメリットで、そもそも魔法自体を抵抗されたりするのがデメリット。

　後者は性質が真逆で、魔法で防ぐことこそできないが、幻影自体が精巧でないと単純に看破されてしまったり、術式の痕跡を「眼」で見抜かれたりするのがデメリット。

　エイミーは恐らく両方が巧みだと予想されるが、果たしてベル乃はどう対抗するのか。

「……わたしの五感を魔法で狂わせるのは無理」

「え、なんで⁉」

「……わたし、とってもマイペース」

「めっちゃ便利やなおまえのメンタル！」

　反射的にツッコむケンゴー。

一方でここまで来ると、単純に性格由来だけの問題ではないだろうと推測する。

例えば魔族は、魔力を双眸に凝らすことにより、「眼」で見えないものを見る。

術式を必要としない、原始魔法と呼ばれるものだ。

魔法を習っていない子どもたちでも使える、魔族に生来備わった力だ。

全身に行き渡らせた魔力で、誰もが身体能力を高めているのもそう。

シト音が見つめただけで、他者を誘惑してしまうのもそう。

そして恐らく、ベル乃の「マイペース」の正体も原始魔法なのだろう。

魔法を修業していないだけで、持って生まれた魔力は莫大だろうし、その魔力で剛力や剛体を得ているのがベル乃。

同様に精神や五感を魔法によって干渉させない、何か生来のものを有しているのだろう。

理屈はだいたいわかった。

「じゃあ立体映像とか偽造する方は？　問題ないの？」

「……わたし、みんなみたいに『眼』がよくないし、見抜けない可能性が高い」

「やっぱ相性悪いじゃん！」

「……でも『鼻』に自信ある。一度嗅いだ匂いは忘れないし、だまされない。料理でも人でも」

「ゴメン俺、『暴食』の魔将サンのこと舐めてたかもしれない……」

なるほど化け物ぞろいの七大魔将の中で、サ藤と並んで一目置かれるはずだ。

「わかった。エイミーとメフィストはおまえに任せた」

作戦の方針は決まった。

「まあ、過酷にもほどがある作戦だけどな……」

「……想像しただけで憂鬱（ゆううつ）」

ベル乃の役目もキツいが、ケンゴーもキッツい！

「あのマモ代と戦いながら解呪かけなきゃいけないとかさあ、それなんて罰ゲ？」

「……頑張って。ケンちゃんならきっとやれる」

「ホントにぃ？」

自分の実力が一番信用ならないヘタレチキン。

でもベル乃は太鼓判を捺（お）してくれた。

「……ルシ子が『水（ア・キュア）』の天使に憑依（ひょうい）された時も、ケンちゃんは余裕で解呪してた」

「そんなこともあったなあ」

皆の評価が正しければ、マモ代はルシ子よりは弱いはず。

ならばエイミーの洗脳魔法が、ア・キュアの憑依の秘跡よりも厄介（やっかい）ではないことを祈るのみ。

「……ミッションコンプリートしたら、ケンちゃんにご褒美（ほうび）あげる」

激励してくれているのだろうか、ベル乃がそんなことを言い出した。

「何をくれるの？　期待していいの？」

「……わたしがキスしてあげる」

「それおまえにとっての栄養じゃん！」

まあ魔王が部下に褒美を授ける方が、健全な関係性なのかもしれないが！

†

いよいよ敵本丸へと到着した。

ライロックの王宮は、魔界であれば子爵か伯爵家居城程度の規模であるが、人界においては遠国から来た商人たちの、後々までの語り草になるような勇壮さを誇っている。

その大宮殿へ、ケンゴーはコソコソと忍び込む。

抜き足、差し足、おっかなびっくり廊下を歩く。

飛行魔法があるので中枢部まで一気にショートカットできたし、隠蔽魔法で姿と気配を遮断しているので警備の兵にも見つからないのだが、生来のビビリ気質はどうしようもない。

一方、ベル乃の足取りは、体軀に似つかわしい堂々たるものだった。

ケンゴーの足音を「コソコソ」と擬音で表現するならば、彼女のそれは「のっし、のっし」。

ここが無人の廊下であろうが戦場の野であろうが、「我が行く手を遮る者なし！」とばかりの大闊歩である。

　正直、頼もしくて仕方ない。

「一つ聞いてもいいか、ベル乃？」

　声が周囲へ漏れないよう魔法で遮断しつつ、ケンゴーは訊ねた。

　頼りになるボディガードさんと会話していた方が、緊張に呑まれないと考えたのだ。

「ぶっちゃけ俺、ベル乃って食べること以外はなーんにも考えてない奴って思ってたんだよ。話しても『お腹空いた』しか言わないし、意思疎通も難しい奴って誤解してたんだよ」

「……実際、わざとそう見せてる」

「わざとかーい」

「……バカだと思われていた方が、難しいことを要求されない」

「おおーい」

　この食いしん坊さんが意外と腹黒だったことが、ケンゴーはもうびっくりだ。

「……でもわたし、無心でご飯を食べてる時が大半なのも事実」

　だからケンゴーの誤解とも言い切れないと、ベル乃は首を左右にする。

「……食べることが一番幸せなのは本当。それ以外は何も考えずにいたいのも本音」

「おっけ、わかった。他の奴らには内緒にしとくし、よほどの事態じゃなけりゃ、おまえの力は当てにしないように気をつける」

「……やっぱりケンちゃんは優しい。好き」

「つってチョロい奴とか思ってんだろ？」

「……わたし、そんなに性格悪くない」

「うっ。スマン」

ベル乃が本気で心外そうだったので、ケンゴーは素直に謝った。

プイッと子どもっぽい仕種でそっぽを向くのもいつものベル乃らしいし、それがおバカだと見せるための芝居には到底思えなかった。

しかしケンゴーは――
ベル乃という少女のことを、まだまだ理解できてはいなかった。

廊下から廊下へと移動を続け、玉座の間が近づいてくる。

魂となって脱出したマモ代曰く、自分の本体がどこにいるかは感じとれるものらしい。

だから、傀儡にされたそれが寝室や後宮などではなく、玉座の間に置きっ放しになっていることがわかっていた。

「マモ代がくれた見取り図によれば、もう目と鼻の先だ」

「……気を引き締めるべき」

ベル乃と互いにうなずき合う。

ここまでの途上、見回りの近衛兵や騎士たちとは何度もすれ違ったが、ケンゴーの隠蔽魔法もあって、誰にも気づかれなかった。

人族に魔王の侵入を察知するのは土台、不可能な話だった。

またエイミーが設置した、探知魔法による監視システムもあちこちにあったが、ケンゴーが遠目にその術式を暴き、侵入者を報(しら)せる機能だけを解呪して沈黙させた。

やはり得手ではないのだろう、エイミーの探知魔法の技術では、解呪魔法の第一人者(ディスペルマスター)であるケンゴーにとって障害にもならなかった。

ここまでは順調。

しかし目的地に迫るほどに、冷気の如く肌を刺す魔力が、濃密に漂っているのが感じられる。

これだけのプレッシャー、マモ代一人だけのものではない。

エイミーか、メフィストか、その両方か、はたまた別の誰かのものか。

とにかく隠そうともせず侵入者を威圧している、あるいは逆に誘っている、そういう妖(あや)しい気配だった。

その不気味且(か)つ重苦しい空気に、ビビりのケンゴーは呑まれつつあった。

気づけば口数が減っていた。

(いかんいかん、頼もしいベル乃さんとしゃべっとこ)

すぐ後ろをのっし、のっし、ついてくる「暴食」の魔将サンと会話することで、一緒に気が大きくなる効果に期待する。

「な、なあ、ベル乃さんよ」

「…………」

「ベル乃さん……？」

「…………」

「え、マジで返事して⁉」

「……お腹空いた」

（いつもの会話成立しないベル乃に戻ってるやんけ⁉）

思わず足を止めて振り向き、彼女の様子がおかしいことに気づくケンゴー。

歩く姿勢は威風堂々。

しかし表情は硬く、すっかり血の気が引いている。

「もしかしてビビってらっしゃる⁉」

「……お腹空いた」

「それ否定なの⁉　肯定なの⁉」

本格的に会話不能になってきた。

やむを得ずケンゴーは、ベル乃の腕をとって確かめる。

それで、すぐにわかる。

小刻みに、だがはっきりと震えているのが伝わる。

「やっぱりビビってんじゃないか！」

「……わたし、戦うのは嫌い」

ベル乃も観念したように白状した。

聞いてケンゴーは困惑する。

おずおずと訊ねる。

「それって、まさか……戦うのが面倒臭いとか、食事以外のことはしたくないから、嫌だっていう話じゃなくて……？」

「……戦うのは嫌い。……恐いから嫌い」

（実は俺と同じかよ！）

ケンゴーは驚きを禁じ得なかった。

七大魔将でも屈指の戦闘力を持っているのだから、やる気さえ出してくれれば、これ以上になく頼れる味方だと思っていた。

でも、それが思い込みでしかなかったのだ。

強いかどうかと、勇敢かどうかは、必ずしも関係があるわけではないのに。

（事実、俺だってそうじゃんか……）

立ち止まって考えてみれば、わかることだったのに。

ケンゴーは危険に満ちた魔界で生き抜くために、防御魔法など三種のみを徹底的に鍛えた。

ベル乃もまた毒親に戦いを強要されないように、体を鍛えてとんでもない頑丈さを得た。

その話をベル乃から聞いて、自分と同じだと深い共感を覚えたのは、他でもないケンゴーだ。

だったら自分とベル乃が鍛えた動機だって、同じでも不思議ではないではないか。

（――その臆病者が、なんで強がってんだよ……。こんな……震えが止まらないほどビビってんのに……。そもそもどうして戦いになんか志願したんだよ……）

信じられない想いで、呆然となるケンゴー。

しかし、それだってちょっと考えればわかることだった。

それもまたケンゴーがここにいる理由と同じことだった。

大切なものを取り戻すために、おっかなびっくり敵地へと足を踏み入れたのだ！


「俺たち案外、似た者同士だったのかもな」

「……わたしは前から、ケンちゃんと気が合うと思ってた」

恐怖を紛らわせるために、軽口を叩き合う二人。

互いに噴き出し、忍び笑いを漏らすも、顔が強張っている。蒼褪めている。

そして、ベル乃が言い出した。

明らかに強がりだとわかるその顔つきのまま、

「……いざ戦いになれば、わたしはへっちゃら。だから安心して連れてって、ケンちゃん」

「そりゃどういう理屈だよ……」

ケンゴーとしては到底、承服できる話じゃない。

なのにベル乃は曖昧な微笑を湛えたまま、答えてくれない。

(俺だったら、へっちゃらとかあり得ないのに……)

なんの因果か魔王に転生してしまい、戦闘を余儀なくされたことは何度もある。

誰かを助けるためだったり、自分の尻を拭くため、やむを得ずだ。

結果、終わってみれば、なんとか切り抜けることができたと、胸を撫で下ろすのが毎度の話。

戦う前から「今回は平気だろう」と思えたことなんか一度もない。

(ベル乃だって同じじゃないのか？　それとも何か秘策でもあるのか？)

魔法が苦手なベル乃に、果たしてどんな隠し玉があるのだろうかと、思案するケンゴー。

彼女の顔をじっと窺う。

蒼褪めたまま、しかしどこか達観したような微笑を浮かべているベル乃。

いつもの「ぼへー」とした顔つきで、無限に食っている彼女とは大違い――

「――って待てよ、ベル乃！」

そこまで考えてケンゴーは、自分の失念に思い至った。

勢い込んでベル乃に訊ねた。

「おまえ、いつから食べてない？」

「……家を出た後から」

今度はベル乃も素直に、しかしばつが悪そうに答えた。

そう。

王宮まではエイミー対策を話し合うのに夢中で、侵入してからは緊張でいっぱいいっぱいで、その間ずっとこの妖怪オナカスイタが何も口にしていないことに、ケンゴーは頓着してなかった。

「腹は減らないのか？」

「……お腹空いた」

ベル乃が正直に答えると同時に、彼女のお腹の虫までが百万言より雄弁に「ぐぎゅるるるるっ」と爆音を鳴らしてしまった。

食いしん坊万歳にもデリカシーはあるのだろう。

頬を染め、もじもじするベル乃の様を、ケンゴーは愕然となって凝視する。

（普段、朝から晩まで食ってなきゃ収まらない奴が、なんで断食なんかしてんだよ）

とは訊かなかった。

訊ねるまでもなく、その答えは一つしかなかった。

「……わたし、臆病者。だけど、ハラペコバーサーカーになれば何も怖くない。何も考えられない。しかもとっても強い。だから平気。戦場に急ごう」

「そうまでして戦わなくても……っ！」

ケンゴーは思わず慨嘆する。

そして訴える。

「おまえ、二度となりたくないって言ったじゃんか！　おまえにとってはトラウマじゃんか！」

ケンゴーは忘れていない。

大切な家族や家臣を傷つけてしまったと懺悔した、ベル乃の重苦しい声を。

かつて血塗られた己の手を、物悲しげに見つめていたベル乃の顔を。

決して忘れられない。

にもかかわらず、ベル乃はまた達観したような笑顔になって、

「……みんなを助けるためなら、わたし平気」

「嘘つけっ！」

「……嘘じゃない」

「じゃあなんで震えが止まらないんだよ⁉　青い顔してんだよ！」

こいつのいったいどこがマイペースなのか。

「……これは武者震い。……あとお化粧ミスった」

でも、ああ、この強情さは確かにいつものベル乃だろう。

「おまえ、どこまで──」

どこまで健気な奴なのだろうか！


神様。俺、何か悪いことしましたか？　――ケンゴーの口癖だ。

前世でも今世でも、運命を呪って生きてきた。

ケンゴーはいつも思っていた。

もし本当に神様がいるならば、どうして自分のような人畜無害な男を、過酷な不運に見舞うのだろう？

ケンゴーはいつも思っていた。

もし俺が神様だったら、善人には助けを、悪人には報いを、公平にプレゼントするのに。


（もちろん俺は、神様なんかじゃない）

ルシ子じゃない。そこまで傲慢じゃない。

むしろ魔王の肩書すら荷が重い、ヘタレチキンだ。

（でも俺が！　この俺が！　ベル乃みたいな人畜無害な奴を、不運に巻き込んだら嘘だろう！

二度と運命を呪う資格なんかないだろう！）

だからケンゴーは躊躇わなかった。

逡巡なく手を伸ばし、ベル乃の柔らかいお腹に触れた。

「……待ってっ。ケンちゃん！」

「今まで何度も戦ってくれって頼んで、ゴメンな。これはその埋め合わせだから」

その意図を悟ったベル乃が制止を叫んだが、委細構わず転移魔法を彼女にかけた。

すぐには戻ってこられぬよう、王都の遥か郊外へ一瞬で送り飛ばした。

一気に静まり返った夜の廊下。

肺の中の空気を、全部搾り出すように嘆息。

「カッコつけすぎだろ、俺……。ヘタレチキンがバカじゃねえの……」

天を仰いで嘆き、ぼやく。

だけどヘタレチキンにだって、痩せ我慢しなくちゃいけない時はあるのだ。

ベル乃にさせてはいけないのだ。

そしてケンゴーは王者のマントを翻す。

独り、玉座の間へと向かう――

†

ベル乃が飛ばされた先は、葡萄園だった。

来月になったら皆で葡萄狩りに行こうと、昼間にケンゴーが話していたそこだ。

まだ熟していない果実の、青い芳香が夜気に混ざって漂う。

戦力外通告を受けたベル乃は、畝と畝の間で大の字に寝転がっていた。

しばし呆然自失となっていた。

でも勢いよく上体を起こすと、大声で叫んだ。

「……ケンちゃんのバカぁ！」

大きな体全部を使ったような絶叫が、薄曇りの夜空まで轟く。

もう本当に信じられなかった。ケンゴーが、まさか一人で行ってしまうとは。

アナウス家の総統や傀儡にされた「強欲」の魔将を相手取り、単騎で敵うつもりなのだろうか。

しかもただ倒すのではなく、マモ代の洗脳を解呪しなければならないハンデ付きで。

さらには謎のディスペル使い等々、あちらの総戦力は不明なのに。

普通に考えれば自殺行為だ！

「……急がないと」

走って王宮へ戻るため、立ち上がるベル乃。

でもこんな郊外から、自分の足で間に合うだろうか？

加えて、先にこの空腹をどうにかする必要がある。

さっきから我慢していたが、それも限界だ。

今にも意識を失い、ハラペコバーサーカー化してしまいそうだ。

ベル乃はそこら中に生っている葡萄へ手を伸ばし、一房もいでは口に放り込む。

農家さんに謝りながら、ひたすら貪る。

「……ケンちゃんのいたわりが、お腹に染み渡るよぅ」

転移先を果樹園にしたのは、きっと偶然ではない。

ケンゴー的には決着がつくまで、ここで食べながら待っていて欲しいのだろう。

でもベル乃的にはそうはいかない。

まずは葡萄で腹いっぱいに満たし、それから移動中に食べる用もある程度は集める。

焦りは募るが、ケンゴーの後を追うのはそれからの話だ。

どれだけ時間がかかるかわからない。自分の大食い体質が今だけは憎い。

「……酸っぱいよう」

まだ熟していない果実を、ベル乃は我慢して頬張り続ける。

「……ケンちゃんのバカ。バカ、バカ、バカっ」

泣き言をこぼしている場合じゃないとわかっていながら、止められない。

ケンゴーのことが心配で心配で堪らない。

「……バカ、バカ、バカ、バカ、バカ、バカ、バカ、バカ、バカ、バカ…………大好き」

思い返せば――

ベル乃がケンゴーに助けられたのは、これで二度目だ。

最初は〝赤の勇者〟撃退任務の折。ハラペコバーサーカーと化してしまったベル乃を元に戻すため、懸命になって駆けつけてくれた。

思い返せば、ベル乃がケンゴーのことを「魔王風を吹かせる背景」ではなく、一個人として意識するようになったのも、あの時が最初だった。

ケンゴーの魔力を口にして、これぞ世界一の美味だと酔い痴れた。

ベルゼブブ家の者にとり、「食欲」と「性欲」は一緒。「捕食」も「接吻(せっぷん)」もごっちゃ。はしたなくも胃袋と子宮の両方で発情し、ベル乃はケンゴーのことが好きになった。

でも、今はそれだけではない。

ケンゴー個人のことが気になって、その為人(ひととなり)をつぶさに見るようになって、彼の魅力が魔力の美味(おい)しさだけではないのだと、ベル乃は知った。

他の魔将たちはケンゴーを、歴代最強の魔王だと褒めそやす。

防御、治癒(ちゆ)、解呪魔法を究めた無敵の人だと言う人もいる。

他にも政戦両面に卓越した名君だとか、ルシ子やマモ代みたいな面倒臭い女をして惚(ほ)れさせた夜の魔王だとか、ケンゴーを絶賛する人や言葉は枚挙に遑(いとま)がない。

でもそれらの要素は、ベル乃にとっては興味がない。

ケンちゃんはとても優しい人。

そして、高潔な人。


誰かを助けるため、あるいは自らの責任を果たすため、強大な敵へと立ち向かっていく彼の姿を何度も目撃した。

今夜もまたベル乃の気持ちを慮(おもんぱか)って、一人で征ってしまった。

それこそ歴代の魔王たちなら、ベル乃がどんな想いでハラペコバーサーカーになると言ったかなど気にも留めず、便利な手駒として喜んで利用しただろうに。

でも、そうではないのがベル乃にとってのケンゴーだった。

ベルゼブブ家の者ではなく、一人の女の子として好きになってしまった男の子だった。


そして、だからこそ——

「……誰か、ケンちゃんを助けて！　守って！」

葡萄を貪りながら、ベル乃はもう泣き叫んだ。

「……わたしじゃ無理！　きっと間に合わない！」

堰(せき)を切ったように感情が溢(あふ)れだし、泣きじゃくって絶叫した。

現実問題として救援は難しく、心がくじけそうになるたびに、ムキになって葡萄を頬張る。

諦めない気持ちだけで、酸っぱい葡萄を自棄食いする。

こんなに美味しくない食事は久方ぶりだった。

まだ青い葡萄の酸っぱさが、目に染みて仕方なかった。

第七章　「欺瞞（ぎまん）」の申し子

「自棄（ヤケ）でーす！　ハイただのヤケクソでーーーーす！」

残り少しの距離をケンゴーは走った。

「何か勝算があるわけじゃないでーす！　最悪、囲まれてフルボッコでーーーーーす！」

半泣きになって叫びながら走った。

そうしてたどり着いた玉座の間――

広い。だが、思ったより狭い。

大きな出入り口から、真（ま）っ直（す）ぐ敷かれた絨毯（じゅうたん）が道を作り、その先に玉座がある。

マモ代（よ）が人形のように虚（うつ）ろな顔で、腰かけている。

さらには、玉座の長い背もたれの陰から、エイミーがひょっこり顔を出した。

「いらっしゃい、魔王サマー☆　言ってくれたら招待状を出したのにぃ」

タトゥーの入った長い舌を出し、煽（あお）ってくる。

指先大の水晶球を、その舌の上で飴玉（あめだま）のように弄（もてあそ）んでいる。

メスガキの挑発には乗らず、ケンゴーは深呼吸。

ヘタレチキンから魔王の顔になって、尊大に言い返す。

「許せ。まさか招待状が必要とは思いもしなかった。余の城とは比べ物にならぬ寓居なのでな」

「コソコソ忍び込んでおいて居直るとかー☆　ウケる。ジワる」

「ならば言い直そう。よくぞ余の潜入に気づいた。褒美(ほうび)をとらす」

魔王風をビュンビュン吹かせながら、不遜に口角を吊(つ)り上げるケンゴー。

軽口の内容にさして意味はない。

魔王はとにかく舐(な)められてはならない！　その一心だ。

「そもそも魔王サマが記憶を取り戻してそうなのも、マモ代ちゃんたちと相談してるところも、夜になって家を出たところも、エイミーちゃんバッチリ目撃してたからねー☆」

メスガキもまたナマイキが身上とばかりに、軽口を続ける。

「ほう？」

「気づいてなかったー？　あのクマちゃん、魔法でバリバリに隠蔽(いんぺい)されてるけど、監視機能付きだからー☆　エイミーちゃんは得意じゃないけど、さすがマモ代ちゃんはああいうセコイ魔道具を作らせたら、当代一流だよねー」

「さて、マモ代からはそんな話は聞いておらぬがな？」

「じゃあ、わざと黙ってたんじゃないー？　魔王様には出陣してもらわないと、マモ代ちゃんは助からないしねー。如何(いか)にもマモ代ちゃんが考えそうな悪知恵だよねー☆」

「ファファファ、あの忠臣に限ってそのような真似はすまいよ」

「あっは☆　魔王サマってジョークまで得意なんだねー」

空々しく笑い合う魔王とメスガキ。

一頻りそうしてから――一転、ケンゴーはギラリと睨めつけ、

「我が忠臣の体を返してもらうぞ？」

「できるものならやってみればー☆」

エイミーはあくまで態度を変えない。

マモ代の豊かな乳房を背後から揉みしだくようにし、挑発してくる。

てっきりマモ代を操り、戦闘を仕掛けてくると思ったのに。

「余裕だな？」

「慢心って言ってよー。エイミーちゃんに〝ワカらせ〟て、魔王サマ☆」

（言われなくても！）

メスガキと違い、ヘタレチキンは臆病だからこそ慢心しない。

勝つための手段を選ばない。

ゆえにエイミーが襲ってこないのをいいことに、速攻で解呪魔法を仕掛ける。

極限まで意識を集中させ、「眼」を凝らし――マモ代を呪縛する洗脳魔法の術式世界に入る。

「余はケンゴー。魔王ケンゴーである」

ただ魔族の流儀に則り、名乗りを上げる。

精神体となったケンゴーは、アナウス家の秘術のメタファーである小宇宙に降り立った。

そこはさながら、万華鏡の世界だった。

目も眩むような無数の色彩が、刻一刻と花開き、また色どりを無限に変化させていく。

右を向いても左を向いても上を向いても、「眼」に見えるのはそんな光景。

何が起きているかはわかるが、何一つ理解できない。

「こ、こんな術式、初めて見た……」

ケンゴーは絶句させられる。

それがどんなに膨大で複雑怪奇な術式であろうとも、自分に都合よく大雑把に脳内解釈し、破壊ポイントを見出すのが、ケンゴーが独自に究めた解呪魔法の秘訣。奥義だ。

現にサ藤の戦略級魔法ですら、初見でディスペルした実績もある。

だが今——

ケンゴーは同じ要領で、エイミーの秘術を大雑把に、都合よく脳内で認識し、なお〝視えた〟のがこの万華鏡ワールドなのだ。

理解不能、意味不明、長く留まっていると頭がおかしくなりそうな、極彩色の光景なのだ。

（そんなバカな……っ）

ケンゴーは解呪を諦め、「眼」で術式を凝らし見るのをやめた。

精神体が肉体に引き戻され、肩で息をした。

ディスペルに集中したのは一瞬のことだったが、とてつもない疲労がのしかかり、危うく膝から崩れ落ちそうになった。

「どう、魔王サマ☆ 解呪できそ？」

エイミーがまだ玉座の陰から、長い舌を出して煽ってくる。

だがケンゴーは、咄嗟に軽口を返せない。

（これは……いつぞやの「断罪」の天使と逆だ……）

半ば信じられない想いで分析する。


魔族殺しの特化個体であった件の天使は、強力な秘跡でマモ代を苦しめた。

天翔ける聖剣を無数に創造し、自在に操るのである。

しかし、ケンゴーはこれを難なく一蹴できた。

その聖剣自体が雑な術式で作り出されていたため、まとめて解呪して霧散させた。

まさに解呪魔法の第一人者ならではの戦法といえよう。

比べてアナウス家の秘術はどうだ？

洗脳魔法そのものの効力は、ベル原でも使える一般的なものと変わりがない。

ただし術式自体が無駄に緻密というか、その効力の割にやたら迂遠に作られているというか、とにかく恐ろしく凝った組成をしていた。

（……いや、無駄じゃない）

明らかにディスペルされないようにと、そういう意図で編み出されたオリジナル術式だった。

「このような不合理な術式を、よくぞ編み出す気になったものだ……」

いつの間にかマモ代の膝に乗ったメスガキへ、ケンゴーはうめくように抗議する。

どうせ工夫するなら普通は、洗脳する効力自体を高めるとか、対象範囲が万単位とか、そういったアレンジに血道を上げるだろうに。

「むかーし、ディスペルなんて地味魔法が、異常に得意な奴に会ってねー☆」

恐らくはメフィストとやらのことを言っているのだろう。

「そいつに〝ワカらせ〟られちゃって以来、エイミーちゃんがよく使う魔法には、ちゃーんとディスペル対策を怠らないようにしたんだ～」

「しようとして本当にできてしまうのが、大した才能だがな……」

ケンゴーはもう一度、うめく。

(こいつ俺の天敵じゃない⁉)

内心もう泣きたくなっている。

一方、エイミーはマモ代の膝上できゃらきゃらと笑った。

「まじウケるー。ジワるー。だって、できて当たり前じゃーん☆」

かと思えば一転、初めて見せる表情で言った。


「我が名はエイミー。『欺瞞』を司るアナウス家総裁エイミー」


ひどく真剣な顔付きになって名乗り返した。

他者の「眼」を幻惑させるような術式を編み出すのも、お家芸だと豪語した。

魔王を相手に慢心できる根拠を語った。


(よし、戦略的撤退をしよう!)

それを聞いてケンゴーは躊躇なく決断する。

エラソーに魔王風を吹かせているのはあくまで処世術であって、別に本気で舐められるのが嫌なわけではない。

安いプライドなんぞ犬に食わせろ!

最後に皆と笑っているためならば、ケンゴーはどんな卑怯も厭わない。

(こうなると次善策ってか、サ藤たちに助けを求めたのは正解だったな)

今この時も夜空を翔けているだろうクマのぬいぐるみへ、ケンゴーは想いを馳せる。

マモ代の本体が人質にとられているようなものなので、日数のかかる作戦はできれば避けたかったが、この期に及んでは致し方ない。

仮にここでケンゴーが勇気を振り絞り、戦闘にてエイミーと決着をつけようとしても、その場合はマモ代の本体を矢面に立たせるに違いない。

結局、洗脳魔法をディスペルするか、襲い来るマモ代を無傷で取り押さえながら、エイミーを打倒できるような圧倒的な戦力をそろえる以外に、救出する手段がないのだ。

前者が不可能なら、サ藤らの援軍を待つべきだった。

エイミーもわざわざ洗脳してまでマモ代の体を奪ったのだから、なんらかの使い道を考えているに違いない。そう簡単に使い潰したりしないと信じたい。

(後はどうやって隙を衝いて、この場から逃げ出すかだけど……)

ケンゴーは脳内で目まぐるしく算段を巡らせる。

だが表面上は魔王風をビュンビュン吹かせ、さも好戦的な男を演じる。

「はてさて、どうやって懲らしめてやろうかファファファファ――」

なんて独り言(大嘘)を呟く。

ところが相手はアナウス家の女だった。

さすがマモ代を陥れるほどの策士だった。

その種の駆け引きでは、ケンゴーより一枚も二枚も上手。

「必死に引き際を考えてそーな魔王サマに、イイものを見せてあげるねー☆」

――と。

こちらの企図を正確に読み切った上で突然、妙なことを言い出した。

「ほう。楽しみにしてよいのかな？」

ケンゴーはまたエラソーな軽口で応じつつ、内心はビクビク。

アス美もだいぶメスガキ成分が多いキャラをしているが、もしアイツだったらと想像すると、「見せてあげるー☆　妾のおっぱいー（ボロン）」みたいなことをしてきそうな状況。

しかしアナウス家が司っているのは「欺瞞」であり、「色欲」ではない。そんな手ぬるい話ではあるまい。

「じゃーん☆」

エイミーはろくに魔導も用いず術式を編むと、探知魔法と幻影魔法を組み合わせることで、いずこかの現地映像を作成した。

それも二枚、広間の床へ大映しにした。

「なんだ、これは……っ」

目の当(まあ)たりにし、ケンゴーは動揺で震える。

イイものどころか、やはりロクでもないものだった。

二枚のどちらも、軍隊が出撃準備をしている様子を映したものだった。

もしケンゴーが現地を訪ねたことがあったら、それぞれホインガーとカフホスの王城前だとわかっただろう。

だがそのことを知らずとも、両軍が何者であるかはわかった。

指揮を執っているのが、それぞれレヴィ山とベル原だったからだ。

(どういうことだよ？　まさかもう俺たちへの援軍を用意してくれてるのか？　いや、それにしたってタイミングが……)

今のマモ代の魔力と飛翔速度では、まだこの王都からそう遠くへは行っていないはずだ。

ましてレヴィ山(やま)たちに早や報(しら)せを届けられるわけがない。

エイミーが偽造した虚偽の映像という線も疑ったが、いくら「眼」を凝らしてもそうは見えなかった。明らかに真実の、現地の様子を映したものだった。

「レヴィ山とベル原は何をやっておるのだ⁉」

「さー？　多分、サ藤に宣戦布告されて、慌(あわ)てて迎撃準備してるんじゃないかなー☆」

揶揄(やゆ)口調で答えるエイミー。

ケンゴーは目を剝いて驚愕した。

「なぜサ藤がレヴィ山らと争わねばならぬ！」

「さー？ マモ代ちゃんが魔王サマの勅命を騙って、唆したからじゃないかなー☆」

もはや必死のていのケンゴーを、エイミーはどこまでも軽やかな口調と態度で煽り、神経を逆撫でしてくる。

だがケンゴーは言い返す余裕もない。

（マズいマズいマズいマズいマズいマズいマズいマズいマズいマズいマズいマズい――）

顔面蒼白となって震え上がる。

サ藤とレヴィ山らが相撃てば、援軍に来てもらうどころの話ではなくなる。

また魔族の軍隊同士がサイラント地方で激突すれば、その余波でいくつの町々が吹き飛び、何万の人族が巻き添えとなるか想像もつかない。

絶対にマズい！

「マモ代ちゃんにだまされた、哀れなピエロの様子も見とこっかー☆」

人の気も知らず、エイミーが挑発的に三枚目の現地映像を床に映した。

ケンゴーは見るのも恐かったが、でもやはり目を逸らせない。

サ藤が早や部隊をまとめ、出陣していた。

いずこだろうか？　夜天を切り裂くように翔けていた。

サタルニア大公国の精兵たちが続き、編隊飛行していた。

「サ藤VSレヴィ山・ベル原連合、どっちが勝つか賭けようよー☆」

地獄絵図を待ち望んだエイミーが、きゃらきゃらと笑う。

「…………」

ケンゴーは何も答えない。咄嗟に答えられない。

もちろんこの邪悪なメスガキに、腹が立っていないと言えば嘘になる。

しかし今はそれどころではなかった。

食い入るように三枚目の映像を見つめていた。

エイミーはまだ気づいていない——


サ藤の率いる飛行部隊は、早や目的地を行く手に捉え、王都へたどり着こうとしていた。

都の中心には、宮殿の荘厳華麗な偉容が見えた。

例えばベクターやバーレンサの王宮のような、みすぼらしい城ではない。

魔界であれば子爵か伯爵家居城程度の規模であるが、人界においては遠国から来た商人たちの、後々までの語り草になるような勇壮さを誇っている。

何よりケンゴーにとっても、ひどく見覚えのある宮殿だ。

ここ毎日、銭湯へ通勤する道すがら、ふと眺めた王宮だ。

サ藤らはそこへ向かって飛んでいた。

部隊の中には、妖鳥に鷲掴みにされて飛ぶベル乃の姿もあった。

安堵しきって葡萄を頬張っているその顔を、ケンゴーは食い入るように凝視していた。


「なんでサ藤たちがライロックにいるのよ⁉」

遅れてようやくエイミーも気づいたようだ。

「なんでここを目指しているのよ⁉」

今度はこのメスガキが、顔面蒼白で震え上がる番だった。

「サ藤が決して道化などではないということだ！」

今度はケンゴーが吼える番だった。

「余が誇りとする能臣だ！」

実は事情などさっぱりだが、とにかく魔王風をビュンビュン吹かせた。

†

時刻は九月一日午後まで遡(さかのぼ)る——

この時点では、サ藤は「逆賊レヴィ山」を討伐する気マンマンだった。

ケンゴーの勅命に応(こた)え、お褒(ほ)めの言葉をいただくつもりでウキウキしていた。

レヴィ山は掛け値なしの難敵で、討つのは決して容易ではなかったが、だからこそこの使命を果たす栄誉は大きい。

「ケンゴー様もきっとひとしおで喜んでくださるだろう！」

そう思えば、七大魔将随一の曲者をどう降(くだ)すかと頭を悩ませる今この時も、サ藤にとっては至福の時間であった。ご褒美であった。

ところがその楽しい一時を、腹心に邪魔された。

バーレンサ王都カーン、その地下にある活動拠点内。

サ藤が執務机の上で手を組み、ニタニタと戦法を案じていると、床に落ちた影から黒山羊頭の両性具有者(サタナキア)がスーッと浮かび上がってくる。

「サ藤閣下——急な来客でございまする」

「僕は忙しい。追い返せ」

サ藤は笑みを消すや、冷酷に命じた。

こんなこともいちいち言葉にしなければわからないのかと〝憤怒(キレ)〟そうになった。

この腹心でなければ殺していた。

そして逆に言えば、このサタナキアは殺すには惜しい使える男（女？）。

だからこそサ藤の真情をよく汲み取り、必要ならば君命にも口を挟む。

「お見えになっておるのは、リモーネ嬢にございまする」

「それを早く申せ。談話室（サロン）へ通せ」

サ藤は一転、上機嫌になって命じた。

「すぐに茶菓子も用意させませまする」

サタナキアも心得たように、一礼して影の中へ沈んでいく。


リモーネはバーレンサ王国の第七王女で、歳（とし）は十三。

ややこまっしゃくれているのが玉に瑕（きず）だが、利発で愛らしい少女である。

三国征服レースの折、サ藤はこの末王女と接触し、バーレンサを魔王国へ降伏させせんがため協力したといういきさつがあった。

またバーレンサは近々、サ藤の所領となる予定であり、ゆくゆくはリモーネを代官に据えて統治を委任するつもりであった。


そのリモーネがいきなり何の用か――

「あら、用がなければ遊びに来てはいけませんの？」

サ藤が訊ねると、リモーネは拗ねに拗ねた。

小さなテーブルに向かい合い、紅茶に砂糖を入れた彼女が、カップをティースプーンで乱暴にかき回す。

「サ藤様が今、こちらにいらっしゃっていると小耳に挟んで、喜んで参りましたのに」

ぷくっと頬まで膨らませる。

聡明で大人びたリモーネにしては珍しい、微笑ましくも年相応の一面。

これを見せるのはサ藤相手だけだと、当の少年も知らない。

「そ、それはすまなかった」

と慌てて謝罪するサ藤。

あの「憤怒」の魔将が謝罪！　活動拠点のあちこちで、息を殺して様子を窺っていたサタン家中の者たちが、天地がひっくり返ったように騒然となる。

そんな下々の気持ちなど露知らず、サ藤は少女に弁明した。

「今、難しい任務をケンゴー様から賜っておってな。僕も知らず気が急いていたようだ」

「あら、どのようなお役目か、差し支えがなければ伺っても？」

政治への関心著しいリモーネが、たちまち機嫌を直し、瞳を好奇心でいっぱいにした。

やはり市井にいるような、ただの少女ではないのだ。

ところが、

「『逆賊レヴィ山』を討てと仰せでな――」

とサ藤が詳しく説明するにつれて、リモーネの表情がどんどん曇っていく。

話し終えたころには、サ藤も真っ青の冷徹な顔つきになって、

「おかしいです。不自然極まります、サ藤様」

「な、なにがだっ。どこがだっ」

「まずレヴィ山様の逆賊扱いです。いつどこでどのような咎があったのでしょうか？」

「し、知らぬっ。ケンゴー様がそう仰るから、そうに決まっているのだっ」

「わたしも一度だけとはいえ、レヴィ山様とお会いしたことがあります。魔王陛下をご敬愛奉ること並々ならないご様子でした。とても叛意を抱く方には見えませんでした」

「そ、それはリモーネがあいつの本性を知らないだけだっ。あいつの裏表ある性格は魔界でも有名なのだ！　一つも信用ならぬ畜生なのだ！」

「承知致しました。では、レヴィ山様に何か咎があったとしましょう。ですがいと穹く、いと慈悲深きケンゴー魔王陛下ともあろうお方が、レヴィ山様に一言の弁明の機会も賜ることなく、いきなり討てとお命じになるでしょうか？」

「そっ……………それは確かに……ケンゴー様らしからぬ……かも……」

サ藤はまるで雷に打たれたような衝撃を受けるとともに、深刻に考え込んだ。

リモーネは容赦なく続ける。

「そもそもサ藤様は、魔王陛下に直接お言葉を賜ったわけではないのですよね？」

「そっ、それはケンゴー様は現在ご休暇を楽しんでおられて、僕としてもお邪魔するわけにもいかずに、マモ代を窓口に立てる運びになっているのだっ」

「でしたらやはり、この勅命には信用ならないところがあります」

「マモ代が畏れ多くも、ケンゴー様のお言葉を騙っているというのか⁉」

だとしたらサ藤が討つべきはレヴィ山ではなく、佞臣マモ代だ。

「よくもこの僕を謀ってくれたな……っ。コケにしてくれたなぁ……っ」

憤怒をふつふつと煮え立たせるサ藤。

ところがこれにもリモーネは待ったをかけた。

「すぐカッとなるのはサ藤様の悪癖ですわよ。短慮はいけません。マモ代様が偽勅を発したのではなく、単に誤解や行き違いがあるだけという可能性もありますわ」

「そっ、それはそうだが……」

「まずはサ藤様がライロックに赴き、魔王陛下のお考えを直接、伺っては如何ですの？　果たしてレヴィ山様が逆賊だったとしても、マモ代様が勅を偽ったとしても、はたまた一笑に付すような誤解があったとしても、遠回りですがこれが一番確実です。いとご思慮深きケンゴー魔王陛下のことですから、きっとそのお望みにも適うはずです」

「ご休暇中のケンゴー様のご宸襟を騒がせて、ご不快になられないだろうか……？」

「あり得ませんわ！　魔王陛下が弟のように可愛がっていらっしゃるサ藤様が訪ねてきて、お喜びになることはあっても、お叱りになることは絶対にないと断言します」

悪い冗談だとばかりに、リモーネはくすりとした。

「そっ、それは……そうかもしれない……」

笑顔で歓迎してくれるケンゴーの姿が確かに想像できて、サ藤も誇らしさとうれしさで胸が温かくなった。いっぱいになった。

リモーネにも礼を言う。

「君が遊びに来てくれてよかった。僕は危うくまたやらかすところだった」

「サ藤様のお役に立てて何よりですわ。わたし自身もうれしいですわ」

「これからも遊びに来て欲しい。…………いや、僕の側にいて欲しい」

「べ、別に構いませんけれどっ」

サ藤がボソボソというと、リモーネがゴニョニョと答えた。

またカップを乱暴にかき混ぜだした少女の頬は、赤く染まっていた。

サ藤は今、鏡を見るわけにはいかなかった。

気持ちを誤魔化すように、お堅い話を始める。

「君が言う通り、ケンゴー様はいとご聡明なお方。深謀遠慮を極めたお方。にもかかわらず、何をするにも僕たちの意見を諮る。汲んでくださる。それが僕には不思議でならなかった」

「全部お一人でご決定なさればよいのにと?」

「そうだ。でも今は、少しお気持ちがわかった気がする。たとえ自分に腹案があっても、一応は周囲の意見にも耳を貸す方が、考え違いや思い込みというものがなくなる。万が一にも間違いがなくなる。ケンゴー様は大変な賢者でいらっしゃると同時に、慎重なお方なのだ」

「そして、そんなご気質の魔王陛下だからこそ、あれほど英明なお方にご成長あそばしたのかもしれませんわね」

「なるほど。ケンゴー様ほどの偉人が、一日にしてあるはずもないな」

サ藤は素直にうなずいた。

そして、リモーネという得難い友と今後も話し合っていくことで、ケンゴーの足元くらいには成長していきたいと改めて思った。


歓談の後――

サ藤はまず早急に、ケンゴーと連絡をとってみることを思い立った。

人族のリモーネにその発想がなかったのは当然だが、魔族には通信魔法という手段がある。

そして、ケンゴーと全くコンタクトをとれない状態となっていることに気づいた。

しかもケンゴーだけでなくルシ子やアス美、何より窓口のマモ代ともこちらから連絡をとることができなくなっていた。

恐らくライロック全域に、通信魔法を妨害する魔力が張り巡らされている。

「非常事態だ！」

「これはもうレヴィ山様やベル原様とも、ご相談すべき大問題ではありませんの？」

「リモーネの言う通りだ！」

サ藤はアドバイスに従い、レヴィ山らとコンタクトをとった。

三将で話し合い、全員でライロックへ赴くことが決まった。

何が起きてもいいように、すぐに動員できる兵らを連れていくことになった。

もはや守護聖獣のことなど後回しだ。ケンゴーの無事を確認するのが最優先だ。

リモーネを残し、サ藤は出陣する。

「先陣を切るのは我がサタン軍でなければならぬ！」

兵たちの前で訓令し、自ら魔力を練り上げる。

通常、カーンからライロック王都ヴィラビレまで、飛翔魔法で二日かかる。

転移魔法は長距離移動には向かず、ヴィラビレ近郊までたどり着くことができるほど心得のある者となると、サタナキアらごく一握りの大魔族だけ。それも到着したはいいが魔力は枯渇という状態になるのがオチ。

だがサ藤は名門サタン家の麒麟児(きりんじ)だ。当代随一の術巧者だ。

しかも時空魔法は得意中の得意。

六百六十六の麾下(きか)兵たちを、王都手前十五キロメートルの地点まで一瞬で転移させた。

しかもどんな強敵とも、一戦やり合えるだけの魔力を残して！

そこからは部隊全員で飛行魔法を用い、宮殿を目指した。

途中、王都郊外で泣きじゃくりながら葡萄を貪(むさぼ)るベル乃を発見し、正確な事情も聞けた。

「そうか……真犯人はアナウス家のメスガキか……」

ベル乃を家臣にひろわせ、ともに空を翔けながらサ藤は独白した。

「よくもこの僕を謀ってくれたな……っ。コケにしてくれたなぁ……っ」

憤怒(いかり)をふつふつと煮え立たせた。

もはや止める者もいなかった。


これがサ藤らがヴィラビレ上空に現れた経緯である。

主君の窮地に、いち早く駆けつけることのできた真相である。

エイミーやメフィストらからすれば、誤算以外の何物でもない。

そう、二人が知る由(よし)もなかった。

リモーネとの出会いが、サ藤を変えた。

少しずつだが、着実に成長させていた。

さらに言うならば、以前のサ藤ならばたとえリモーネと出会ったところで、友情を結ぶことなどあり得なかっただろう。人族（サル）というだけで一顧だにしなかっただろう。

つまりは大本をただせば——

ケンゴーと出会ったことによる多大な影響が、サ藤を真の名将に成さしめつつあった。

第八章　掛け替えのない記憶

エイミーの傀儡(かいらい)と化したマモ代(よ)が虚(うつ)ろな表情のまま、火球と火槍(かそう)、紫電と蒼電(そうでん)、氷雪嵐に金剛吹雪(ふぶき)を顕現(けんげん)させた。

それぞれ上位に分類される魔法を六つ同時に行使し、撃ち放ってきた。

ついに玉座から重い腰を上げ、殺意なくケンゴーを弑(しい)さんとした。

「ファファファ、温い！　温いなあ！」

ケンゴーは魔王風を吹かせ、得意の防御魔法を展開する。

《四重(クアドラプル)六芒(ヘキサグラム)障壁八陣(エイトフォールド)》――対全方位、対全属性、対多重攻撃の性質を持つ極大魔法が、マモ代の猛攻をシャットアウト。

防御魔法を究めるとは、こういうことだと実証する。

一方、マモ代も魔力を練り、眼前にド派手な魔法陣を編み、極大魔法を完成させる。

《煉獄竜の息吹(ライクザ・ドラゴンブレス)》――生まれた紅蓮(ぐれん)の炎が鎌首をもたげ、獲物へと業火を吐く。

だがケンゴーはマモ代が編んだ魔法陣を見た瞬間には、解呪魔法を用意していた。

いとも容易(たやす)くディスペルし、炎の竜を霧散させる。

「《煉獄竜の息吹(ライク・ザ・ドラゴン・ブレス)もかくや》は定番すぎるのだよ！　それを用いるならばせめてサ藤(とう)の如(ごと)く、ごくわずかな魔導で術式を完成させることだな！」

哄笑(こうしょう)しすぎてお腹(なか)が痛くなるほど魔王然と振舞うケンゴー。

無論、したくもない説法を垂れている相手はマモ代ではない。

その背後で、ケンゴーの大切な忠臣を操(あやつ)り人形としているエイミーだ。

今まで散々ぱら煽(あお)ってくれたメスガキを〝ワカらせ〟るため、煽り返しているのだ。

「うっせえ！　まだ百年も生きていない小僧がイキッてんじゃねえ！」

エイミーは形相(ぎょうそう)を歪(ゆが)めて吠えた。

キャンディーボイスはどこへやら、ドスの効いたデスボイスに変わっていた。

長い舌の上で水晶球(あめだま)を転がす仕種(しぐさ)も苛(いら)ついていた。

アナウス家の総統とて、そりゃあ焦(あせ)りもする。

サ藤と彼の率いる部隊が、今にもここへ迫り来ているのだ。

さっきまで慢心ぶっこいて使っていなかった、マモ代だって使う。

「強欲の魔将」を矢面(やおもて)へ立たせている間に、自分一人トンズラここうと必死にもなる。

「――だが逃がさぬ」

ケンゴーは吼えた。

同時に魔力漲る蒼い瞳が輝いた。

それでエイミーの足元に展開されていた魔法陣を――瞬間移動魔法の術式を打ち消した。

もう五度目だ。

エイミーが手を変え品を変え、逃走用の魔法を行使しようとするたび、ケンゴーが片っ端からディスペルする。

「どうした？　解呪魔法対策は万全ではないのか？　術式に欺瞞情報を組み込んでいるのではないのか？」

「うっせえ！　わかってるくせにいちいち聞くな！」

「ファファファファ」

呵々大笑するケンゴー。

そう、いくらディスペルさせないためとはいえ、術式の組成をメチャクチャ複雑に、迂遠にしてしまえばその分、魔法の完成までに余計な時間がかかる。

転移魔法等、逃走にも使いたい魔法は、咄嗟に使えてナンボだ。

その術式を七面倒臭いものに改悪するのはアホだ。

使用に堪えないオリジナル魔法など、誰がいちいち歳月をかけてまで編み出すものか。

（欺瞞情報を組み込んでいるのは、こいつが得意な幻影魔法と精神干渉魔法、それもごく一部

だけと見た）
　ならばその他の魔法は、ケンゴーであれば容易にディスペル可能である。

「クソがよお！」

エイミーが凄まじい形相で、虚空に魔法陣を展開する。

その術式を読み解こうと、ケンゴーは「眼」を凝らすも、これは無理。

例の欺瞞情報を組み込んだやつだった。

エイミーの魔法が完成し、見えない魔力がケンゴーの五感を酩酊させようと侵食してくる。

だが――

「余が究めているのは解呪魔法だけではないのだよ！」

ケンゴーは魔力の盾でマモ代が放った魔力の矢を処理しつつ、並行で治癒魔法を行使する。

「盲目」や「眩暈」等、様々な状態異常に見舞われる端から、一瞬で回復する。

ヘタレチキンは伊達ではない。

デバフ攻撃とか怖すぎて、真っ先に克服したに決まっている。

「ならこいつはどうよ、魔王！」

「語るに落ちたな、エイミー」

メスガキが仕掛けてきた欺瞞情報搭載型の洗脳魔法を、ケンゴーは対精神干渉魔法である

《天上天下唯我独尊(グレートメンタリスト)》を以(も)って完璧(かんぺき)に防ぐ。

ディスペルできないならプロテクトすればよかろうなのだ！

「クソクソクソクソッ！　このデタラメ魔王が！」

「そう――それでこそ魔王だ」

エイミーがヤケクソで放ってきたしょっぱい電撃魔法を、ケンゴーは《四重六芒障壁八陣(クアドラプルヘキサグラムエイトフォールド)》で弾(はじ)き返す。

まさにオーバーキルならぬオーバーガード。

七大魔将たるマモ代の猛攻ですら傷つけられない彼を、幻影魔法と精神干渉魔法しか得手(えて)がないアナウス家の女に、どうして害し得るだろうか？

「メフィストとやらを呼ばなくてよいのか？　マモ代を洗脳した時は、連携したのだろう？」

「うっせえ！　あいつはあちこちで悪巧(わるだく)みしてるから忙しいんだよ！」

（……不気味な奴(やつ)だな）

ケンゴーは端的にそう思った。

謀略の一族であるアナウス家の女をして、そこまで言わしめる謎(なぞ)の男。

「試みに問うが、貴様らは何がやりたいのだ？　なぜ余に刃向かい、余の忠臣たちを害す？」

「わかんないかなぁっ？　魔王と魔将たちによる支配体制が何千年も続いている！　そのことを面白(おもしろ)く思わない奴らが魔界にはごまんといるってことだよ！　エイミーちゃんの他(ほか)にもね！」

「……くだらん」

ケンゴーは吐き捨てた。

予想以上につまらない理由だった。

「くだるか、くだらないかは、人それぞれだろうが魔王！」

「なるほど――本当にくだらん！」

ケンゴーは断言した。


その間にも、戦闘人形と化したマモ代の攻撃はいよいよ苛烈を極めてくる。

だがその尽くを、ケンゴーは防御と治癒と解呪の魔法で完封する。

「死ね魔王おおおおおおおおおおおおおおおっ!!」

エイミーが新しい幻影魔法の用い方をした。

まずマモ代に極大攻撃魔法を準備させる。眼前に大掛かりな魔法陣が展開される。

その魔法陣へエイミーは欺瞞情報の幻影を覆い被せることで、術式を解呪できないようにと図ったのだ。

「ファファファ、工夫したたな！」

ケンゴーはここぞとばかり、台風レベルの魔王風を吹かせた。

マモ代が極大魔法を完成させるまでの時間を利用し、意識を深く、深く、深く集中させた。

極限まで研ぎ澄まされたその「眼」で、マモ代が撃ち放った極大魔法を捉(とら)えた。

この世の全ての黒を集め、さらに煮詰めたような色をした不気味な稲妻だった。

その正体は《地獄創造、すなわち闇雷(ブラックサンデスト)》だった。

そして、ケンゴーの脳がそう認識した時には、もう術式を破壊(ディスペル)している。

極限まで集中力を高めた彼にはそれができる。

サ藤の未知の戦略級魔法でさえ、かつて一分半で攻略したスペシャリストなのだ。

マモ代の極大魔法なら、一瞥(いちべつ)即解。

この技術をケンゴーは密かに「小足見てからディスペル余裕でした」と呼んでいる！

「ファファファァ！　だから極大魔法であろうと、定番のものは余に通じはせぬ！　未知の秘術を持ってこい未知の！」

メスガキの心を折るため、煽りに煽りまくるケンゴー。

（まあ、使えるものなら最初から使ってるよね）

マモ代を操るに当たり、ある程度は融通を利(き)かせられるのだろうが、「マモ代が隠し持っていてエイミーは全く知らない」みたいな技術や魔法までを、命令することはできないのだろう。

借り物の力など所詮はそんなものだ。

一方、エイミーも操り人形では、魔王の鉄壁は崩せないと痛感したか――

「そんな……バカな……」

と、ギャアギャアやかましかったメスガキがついに絶句した。

そのナマイキな顔が、絶望で歪んだ。

開いた口が塞(ふさ)がらなくなった。


その隙(すき)を見逃すケンゴーの「眼」ではなかった。


「ハアアアアアアアアアアアアアッッッ」

裂帛(れっぱく)の気勢とともに、両掌(りょうてのひら)から衝撃波を撃ち放つ。

これまでの超ハイレベルな攻防からすれば、信じられないほど低レベルな攻撃魔法だ。

現代日本で例えれば小学校低学年レベルだ。

当然、優れた魔力によって素の身体能力を高めたエイミーは、傷つきなどしない。

だがそれでいい。ケンゴーの狙(ねら)い通り。

しょっぱい衝撃波が打ち砕いたのは、メスガキがずっと飴玉代わりにしゃぶっていた水晶球なのだから。

「しまった……！」

とエイミーが悲鳴を上げた時にはもう遅い。

水晶球の中に封じ込められたものが、ケンゴーの頭の中に流れ込んでくる。

すなわち、エイミーに奪われていた記憶の数々である。

このメスガキがレイナー五世のふりをして、魔王歓迎のパーティーに出席していた時、彼女は水晶球など口にしてなかった。

ケンゴーらが酔い潰れたのを境に、前後で変化があるならば、そこに奪われた記憶の手掛かりがあるのではないかと予想するのは当然。

宴では飲食の必要があったのだから、たまたま水晶球をしゃぶっていなかった？

だったら今、この激闘の最中にもしゃぶっている必要があるだろうか？

普通は吐き捨てる。吐き捨てないなら尋常じゃない理由がある。

そこをケンゴーは見逃さなかった。

これは魔法ではない。だが解呪魔法の第一人者たる彼が究めた、観察眼の賜物だった。

「おおおおおおおおおおおおおおおおおおおおおおおおお！」

脳内に流れ込む怒涛の記憶に、ケンゴーが咆哮する。

ヘタレチキンの彼でさえ叫ばずにいられない、喜びと怒りの爆発だ。

既に《健全なる魂は健全なる肉体に宿れかし》により、魔王としての記憶を復元させていたケンゴーにとって、エイミーから改めてそれを取り戻す実際的な意味はなかった。

ただ取り戻したことによりあたかも走馬灯の如く、たくさんの記憶が次々と脳裏をよぎっていったのだ。

ベル乃をハラペコバーサーカーから元に戻すため、魔力を貪られた記憶。

マモ代にばったり風呂で鉢合わせ、互いの全裸をさらけ出した記憶。

ベル原の鬼畜作戦に、何度も頭を抱えさせられた記憶。

アス美の夜這いに、何度も悩ましい想いをさせられた記憶。

レヴィ山とともにアザゼル男爵へ宣戦布告した記憶。

シト音の笑顔と、助け出した彼女のうれし涙の記憶。

サ藤とリモーネが仲良く手をつないでいた記憶。

そして、ルシ子の膝枕でいつもいつも慰められ、励まされた記憶――


その数々を改めて振り返る回想が、ケンゴーを喜びで咆哮させた。

その数々を奪われていたという事実が、ケンゴーを怒りで咆哮させた。

実時間にすれば、ほんの数秒のことだったろう。

「――一度だけ訊ねるぞ、アナウス家のエイミー」

記憶の奔流が落ち着いたところで、ケンゴーは魔王の顔で厳かに告げる。

魔王として転生したヘタレチキンが、己に課した責務を思い出し、強い自制心を総動員して告げなければならなかった。

「一度だけ余は慈悲を示す。降伏せよ。今ならなるべく穏当な罰ですませてやる。マモ代やサ藤から庇ってやる」

果たして、エイミーはキャンディーボイスに戻って答えた。

「ほーんとお優しい魔王サマもいたもんだねー。きんもー☆」

べろべろばあと長い舌を出した。

（まったく世の中、人それぞれだな……）

ケンゴーの優しさを認め、褒めてくれるベル乃のような者もいれば、理解なく侮蔑するだけのエイミーのような者もいる。そのことを痛感させられる台詞だった。

「あい、わかった――」

ケンゴーは嘆息する。

別にそれが合図だったわけではない。

だが同時に玉座の間に異変が起きた。

広い天井が渦を巻いてねじれ、歪んだ。

強力な魔法による、空間歪曲現象だった。

天井が消え去り――玉座の間は七階建ての城の、一階部分にあるにもかかわらず――代わりに夜空が覗いた。

そして夜空の向こうからは、身長数十メートルは超えよう巨人の如きサ藤が「ぬうっ」と顔を出し、広間の中を逆に覗き込んでいた。

そこから巨大な手を伸ばし、エイミーを一掴みにした。

当のメスガキは何が起こったかわけがわからず、目を白黒させパニックになった。

もちろん想像を絶するレベルの、サ藤の時空魔法の秘儀に違いない。

恐らくサ藤（巨人）に凄まじい膂力で握り締められ、取り押さえられているのだろう。エイミーの絶叫とともに、彼女の全身の骨が軋み、折れる音がここまで届くかのようだった。

「遅参、申し訳ございません、ケンゴー様！」

「いや。大儀である」

ケンゴーは可愛い弟分を本心からねぎらうが、その声には力がない。

（……これでエイミーの処分は俺の手から離れた。サ藤やマモ代に任せるしかなくなった）

偽らざる本音、そのことをいい気味だと思ってしまう自分がいて、自己嫌悪に陥るヘタレチキンだった。

†

勇者王の後宮に、レヴィ山とベル原の大声が響く。

「見ろよ、ベル原！　こいつらマジかよ⁉」

「うむ。まさに酒池肉林であるな」

「だからってマジで酒で池を作ってどうすんだよギャハハ！」

「やはり浸かって楽しむのではないか？」

「脆弱虚弱な人族が浸かったら、急性アル中待ったなしだろ！」

「では、やはり呑むのではないか？」

「こうやって顔を突っ込んでか？　キッタネエ！　こいつら嫉妬もしねえワハハハ！」

と、大はしゃぎである。

サ藤に続いて駆けつけてくれた二人だが、事態が解決したと知るや、すっかり物見遊山。

「あっちにも行ってみようぜ！　他にもどんなトンチンカンな趣向があるか、オレちゃんワクワクしてきたぜ！」

「遊興も退廃と爛熟を究めると、往々にして頓狂に行きつくものであるからな」

と、大騒ぎしながら二人で奥の方へ行ってしまう。

先日、魔王様ご一行歓迎の宴が開かれた、メインホール。

残ったのはケンゴーの他、五人の魔将＋シト音。

ルシ子やマモ代が冷ややかな目で、レヴィ山らを見送っていた。

一方でケンゴーは、

（わかるよ。男の子だもん、いくつになっても探検は大好きだよな）

と理解すること頻り。

しかし、一緒にはしゃぐわけにもいかない。

「我が陛下――こたびは小官の不覚にて、エイミーの罠あふれる危地へと御身をお招きする愚を犯しましたこと、誠に面目次第もございませぬ。改めましてこのマモ代、如何なるご処分も謹んで賜る覚悟にございます」

と、元の肉体に戻ったマモ代が、神妙な態度で陳謝を始めたからだ。

まるで自分の素っ首を差し出すように、腰を折ったまま頭を上げない。

（一切、申し開きをしないのが、さすがマモ代らしい潔さだな）

とケンゴーは内心、感服する。

一方、なんらかの沙汰を示してやらねば、場の収まりがつかない。

「よいよい、気にするな」

ケンゴーは鷹揚の態度でカラカラと笑ってみせた。

「おまえは不覚をとったというが、それも率先してライロックの政情を調査しに赴いてくれた上でのこと。虎穴に入らずんば虎子を得ずだよ。こたびは虎の尾を踏んでしまう結果になったが、そのことに咎(とが)などあろうものなら、以後は誰も余のために、自発的に働いてくれる者などいなくなってしまう」

「御意。ありがたき幸せ」

ケンゴーが無罪を言い渡すと、マモ代はスッとその場にひざまずいた。

「さすがは主殿(あるじどの)、いと慈悲深いことじゃ」

「甘すぎじゃないって思うけど、まあこのアタシと違って、アンタはそれくらいしか取り柄(え)がないしね！」

「ふ、不敬ですよ、ルシ子さんっ。お、怒りますよっ」

「でもケンゴーさまらしいのは確かです。名お裁きだと私めは感激いたしました」

「……お腹空いた」

と周りからも、やんややんや言われる。

またマモ代が頭(こうべ)を垂れたまま、

「さすれば、これも改めまして――我が陛下(マインカイザー)、屈辱にもエイミーの傀儡人形と堕ち果てました小官の肉体を、御身の手により無事に奪還していただき、誠に汗顔恐懼(かんがんきょうく)の至り。そして感謝の言葉もございませぬ」

「いやいや、それは馳(は)せ参じてくれたサ藤の手柄だ」

「ご謙遜(けんそん)を仰(おお)せになさいますな。これこの通り、小官の体には傷一つついてございませぬ。

「陛下がその歴代最強のお力を以って、傀儡と化した小官とエイミーの両者を相手取ってなお赤子をあやすようにご成敗なされた、これ以上にない確かな証拠でございまする。サ藤にそのような器用さはございませぬ」

「ファファファファ」

（いやマジでサ藤が来てくれなかったら、だいぶ困ったんだけどね⁉）

現在この通り、マモ代の洗脳は解けているが、エイミー一流の欺瞞情報が搭載された術式をディスペルするのに、ケンゴーをしてひどい時間がかかった。誰にも邪魔されない環境で、専念しなければならなかった。

攻撃魔法の類が小学校低学年レベルのケンゴーでは、エイミーを打倒も取り押さえることも難しく、「やられもしないが、状況も打破できない」という千日手に陥っていた。

もちろん、ケンゴーとて自分一人では手詰まりとわかった上で、エイミーの水晶球を割り、ルシ子たちの記憶をいち早く取り戻したというのはある。結果としてはサ藤がいち早く駆けつけてくれたが、目を覚ましたルシ子やアス美も期待通りに、助けに向かってくれていたという。

まあ、なんにせよケンゴー独力の手柄ではないのは事実なのだが、「余一人じゃ無理だったヨ」と公言してしまうと権威が下がり、謀反の呼び水になってしまうので、「ファファファファ」と曖昧な態度で哄笑し、とにかく魔王風だけ吹かせておいた。

マモ代は恐れ入った様子でますます頭を下げると、

「これで御身に救っていただいたのは、二度目でございまする……」

妙にもじもじしたというか、いつも歯切れのよい彼女らしくない口調で言った。

一度目というのは、「断罪」の天使にあわや斬殺されそうになったところを、ケンゴーが見かねてタッチ交代したことを言っているのだろう。

(プライドの高いマモ代のことだし、さぞや忸怩たるものがあるんだろうな)

とケンゴーは思い、そっとしておいた。


一方この時、マモ代は内心で考えていた――

(ククク……この男はやはり甘い。しおらしくしておけば無罪放免になると踏んでいたが、まさしく私の読み通りになったな。クク、甘い。甘い、甘い。そんなことで魔王が務まるものかよ。やはり私が取って代わるしかない)

と性懲りもない思いで、密かにほくそ笑む傍ら、

(しかし、屈辱には違いない。このマモ代ともあろうものが、まさか二度も助けられてしまうとはな……。私は今まで誰の手も借りず、ただ生まれのみに拠らず、「強欲」の魔将として完璧なキャリアを積み上げてきた。周りからも鉄の女と畏敬され、どんな男たちも私を見れば裸足で逃げ出したというのに……)

クソ、クソ、クソ、と内心で悪態をつきながら、マモ代はついこう思ってしまう。

（……私にとってこのケンゴーという男は、やはり特別な人なのかしら……）

深く頭を垂れたまま、誰にも見えない彼女の頬（ほお）は、薔薇色に染まっていた。

――などという内情には、つゆ気づかないケンゴーである。

マモ代に頭を上げさせ、忠臣の手をとって立ち上がらせる。

「ちなみにエイミーの沙汰はどうなっておる？」

ケンゴーが諮（はか）ると、マモ代がいつものはきはきとした事務口調に戻って、

「はい、我が陛下（マインカイザー）。拘禁し、小官が招集したスタッフにより尋問しております。メフィストなる謎の人物の他にも、どのような協力者がおり背景があるのか、全て吐き出させる所存です」

「……うむ。……必要なことだな」

ケンゴーは瞑目（めいもく）し、魔王の責務として承認した。

ただの高校生だった自分が、なんの因果かその立場に転生してしまって十六年――

権力者たるものは、「綺麗事（きれいごと）ではすませられない状況」と、「綺麗事だとわかっていても、やらなくてはならない状況」の、判断と使い分けが重要なのだと痛感している。

今回は前者だ。

また謀略に巻き込まれるようなことがあれば、次こそ誰か犠牲者が出るかもしれないのだ。

それを避けるためにも、エイミーやメフィスト一党の背景を洗い出すことは、断固として為（な）

さねばならない。

（……まったく嫌な気分にさせられる。これだから平和の価値が理解できない奴らは……）

瞼を閉じたまま、しばし内心で愚痴をこぼすケンゴー。

だがここは建設的な話に、目を向けるべきだろう。

マモ代に再び諮る。

「してライロックの扱いについては如何する？」

「はい、我が陛下。小官が信頼する配下にレイナー五世へと化けさせ、適切な治世を敷くというのは如何でしょうか？　さらにはエイミーが過去にしでかした悪政の清算を、一つずつして参るという次第です」

「この後宮はどうなる？」

「退去を望む娘たちは、今度こそ本当に解放いたします。一方、ここでの生活を気に入っておる者や、外に放っては生きていく術がない者たちもおりましょう。その者らに関しましては、国庫で養ってゆくのがよろしいかと」

「うむ、善きに計らえ」

「そして遠くない将来、折を見て『レイナー五世』の口から、魔王国への降伏と我が陛下への臣従を広く公言させまする。それを以ちまして、ライロックの無血併呑が叶いましょう」

「うむ、うむ。結果として全て丸く収まったではないか！　これもマモ代の手柄と言えような」

「重ね重ね、恐悦至極にございまする。我が陛下(マインカイザー)」

「うむ、うむ」

畏(かしこ)まってまた一礼するマモ代に、ケンゴーは鷹揚の態度でうなずいてみせる。

また、次いでサ藤に向き合う。

「おまえもお手柄だったな、サ藤。おまえがいち早く異変を察知してくれたおかげで、余も皆も事なきを得られた」

「と、と、と、とんでもないことでございます、けけけケンゴー様！」

「ファファファァ！　先のマモ代ではないが、あまり謙遜するな。おまえが柔軟な対応を見せてくれたことに、余は驚くとともに喜んでいるのだぞ」

「そ、そ、それもっ、リモーネの助言があってのことでっ、ぼぼぼ僕の手柄ではなくっ」

「何を言うか！　人族を侮(あなど)っていたおまえが、価値のある言には耳を傾ける度量を持ち、難事を解決できるようになった。これぞ成長というものだ！　誠に喜ばしい！」

ケンゴーはサ藤の両肩に手を置き、絶賛した。

臣下に媚(こび)を売っておこうとかそんなつもりはなく、心からうれしかった。

前世ではハチャメチャなクソ兄貴に振り回されたケンゴーだ。だからこそよけいに「理想の兄」像というものが脳裏にあり、サ藤に対してはそうありたいと意気込んでしまう。

「何か褒美(ほうび)をとらせねばならぬな。何がよい？　遠慮なく言ってみるがよい」

と魔王風ならぬ兄貴風をビュンビュン吹かせる。

だがサ藤はとっくに失神していた。ケンゴーの称賛の嵐を浴びて、うれしさのあまりに白目を剝いていた。両肩に置いていた手でつかんで支えなかったら、そのまま後ろに倒れていた。

そんな可愛い弟分を絨毯に横たえながら、

「堅い話は終わりだ！　皆の無事を喜び、宴を始めようではないか！」

と音頭をとるケンゴー。

待ってましたとばかりに、魔王城から呼び寄せた女官たちが料理を運んでくる。

ケンゴーらは巨大クッションに背中を預け、それらの美食に舌鼓を打つ。

また歓談に興じる。

「まったくこのアタシというものが、今回はしてやられたわね！　まさかアナウス家の女風情の罠にハマって、記憶を奪われてたなんて！」

「ハテ？　ルシ子はいつも、してやられておるのではないか？」

「表出なさいよアス美⁉」

「まあまあ、お二人とも。ケンカはよくないです」

シト音がまるで長女の風情で、おっとりと仲裁する。

それから一転、残念げな顔つきになると、

「お聞きしたところによりますと……この一月近くというもの、私めたちは仲良し姉妹として暮らしていたという話ではございませんか。その時の記憶はもうございませんが、それでも私めは可能なことなら、今後も末永く皆様と仲良くさせていただきたいです」

と控えめな口調で二人に提案する。

そう――

魔王としての記憶もライロックで庶民暮らしをした記憶も両方あるケンゴーと違い、シト音やルシ子たちは魔族としての記憶を取り戻したと同時に、四姉妹としてすごした日々の記憶を失ってしまったのだという。

恐らくは、自力で魔王の記憶を取り戻したケンゴーと、エイミーの水晶球を破壊するという正規の手順で記憶改竄魔法から解放された彼女らの、差異なのであろう。

ケンゴーにとって掛け替えのない時間であった「お隣さん」との穏やかな日々は、もはや自分一人しか憶えていないという、なんとも儚い――だからこそますます尊い――ものとなった。

ただ、シト音たちもはっきりとした記憶はないなりに、充実した毎日を一月近くも送ったという体感（あるいは名残）があるらしい。

だからだろうか、

「ま、まあ、アタシだって好き好んでケンカなんかしたくないけど！」

「ルシ子やシト音のような妾(わらわ)好みの娘が相手ならば、『姉妹』と書いて『はーれむ』と読むような関係も一興かもしれんのう」

ルシ子とアス美もそれぞれの物言いで、提案に同意した。

「余にとっても良き休暇であった。おまえたちと家族同然のご近所づき合いをした日々は、誠に得難(えがた)く楽しい一時であった」

とケンゴーも口添えする。

またサ藤までが非常に羨(うらや)んで、

「ぼぼぼ僕もケンゴー様と兄弟になりたかったです。レヴィ山さんじゃないけど嫉妬しますっ」

「ファファファ、そうかそうか！」

いつの間にか目を覚ましていた弟分の言葉に、ケンゴーは鷹揚の態度で笑ってみせた。

そして、ベル乃の方をチラッと見る。

一見、歓談には参加せず、黙々と爆食いしている妖怪オナカスイタさん。

でも今のケンゴーは知っている。ベル乃がこの空気を、内心では好ましく思っていることを。

だからケンゴーは一同に向かって言った。

「こたびはともに休暇をすごしたという意味でも、またエイミーの策謀から助けられたという意味でも、余はおまえたちの大切さを改めて感じるに至った。ゆえに今後はこのように親睦(しんぼく)を深めるため、定期的に会食と歓談の機会を設けたいものだな！　無論、おまえたちも多忙の身であることだし、おまえたちさえよければだがな」

「とっても素敵なご発案だと存じます、ケンゴーさま」

「もももっもちろん僕は参加いたします、ケンゴー様！」

「御意。我が陛下(マインカイザー)のお望みとあらば、この『強欲』に否(いな)やはございませぬ」

「アンタがどおおおおおおおおしてもって頭を下げるなら、参加してあげてもいいけどぉ？」

「ルシ子は少しは素直になることを覚えりゃ……」

魔将やシト音たちがそれぞれの表現で、こぞって賛意を示してくれた。

家族の団欒(だんらん)とは少し違うかもしれないが、一年前には確かに存在した互いの壁が、ちょっとずつ取り払われているのを感じた。

そんな空気などどこ吹く風で食ってるのは、ベル乃だけだ。

「ベル乃はどう思う？」

だからケンゴーは訊ねる。

だけどどうせ「お腹空いた」以外の返事は、来ないだろうと思っている。

ところが――ベル乃は予想外の反応を見せた。

この食いしん坊が食事の手を止め、いたずらっぽい微笑を浮かべて言ったのだ。

「……裸で洗いっこも定期的にする？」

「は？」

サーッと蒼褪(あおざ)めるケンゴー。


うっかりしていた。

ルシ子たちと違って、ベル乃にはエイミーの記憶改竄魔法が初めから効いていなかった。

つまりは庶民暮らし中の記憶もまるっと残っているし、エイミーに植え付けられた頭のおかしい常識のせいで毎日一緒にお風呂に入ったり、素手でお互いの体を洗い合ったことだって、忘れていないのも当然だ。


(最悪だ！　アレを憶えてた奴が俺以外にもいたなんて！)

ケンゴーは思わず頭を抱える。

ルシ子たちが家族同然に暮らした日々のことを忘れてしまったのは残念だが、でもアレも同時に忘れてくれたのだけは好都合というか、安心しきっていたのに。

「てかベル乃もあの時正気だったんならストップかけようよ⁉」

「……だって陛下、うれしそうだった」

「べべべ別にうれしくなんかなかった（こともなかった）よ⁉」

肯定するわけにもいかず、さりとて咄嗟に態度を取り繕(つくろ)えず、目を泳がせまくるケンゴー。

一方、そのやりとりを目撃したルシ子とアス美が柳眉(りゅうび)を逆立て、

「ハアアアアア!?　ケンゴー……アンタ、ベル乃と裸のおつき合いをしてたってわけ!?」

「『庶民暮らし』とは**爛れた性生活**の隠喩だったと仰せか!?」

「ち、違う、それは誤解だ……！」

「じゃあどう誤解なのよ！」

「王として臣下にきっちり説明責任を果たしてたもれ！」

(実はベル乃だけじゃなく、ルシ子やアス美やシト音とも裸のおつき合いしてました)

などと本当のことは口が裂けても言えない。

ルシ子とアス美に左右から詰め寄られ、ケンゴーはたじたじになる。

するとシト音がまたも長女の風情で仲裁に入ってくれて、

「まあまあ、お二人とも。そんな剣幕ではケンゴーさまだって――自白しづらいかと」

(仲裁じゃなく尋問だと!?)

詰めてくる人数が三人に増えて、冷や汗が止まらなくなる。

やむなく助けを求めるケンゴー。

「べ、ベル乃！　おまえからも何か言ってあげて！　余のこと弁護してぇ！」

「……お腹空いた」

「急に会話不能になるのマジ勘弁してくださいよおおおおおっっ」

それ半分演技だってもう知ってるんだからな!?

「アンタもヤキが回ったわね、ケンゴー！　こんな食欲以外存在しない女にまで、縋らないといけないなんてね！」

「お見苦しいですぞ、主殿」

（くっ、こいつらベル乃の本性を知らないから……）

いよいよ追い詰められるケンゴー。

この騒動の大侯を作ったくせに、素知らぬ顔で食い続けるベル乃。

だけど、ケンゴーは気づいてしまった。

ベル乃が今、ただ食事を楽しんでいるだけではなく、この騒動自体を楽しんでいることに。

ぼっち飯を悲嘆し、親しい者たちとの団欒を求めてやまなかった彼女が、まさに相好を崩し、頬張る料理が持つ本来以上の味わいを堪能していることに。

（だったらまあ、しゃーないか）

ルシ子とアス美とシト音に自白を迫られ、白目を剝きそうになりつつも、ケンゴーは内心で苦笑いになる。

憎めない奴だと、ベル乃のことを想う。

エピローグ

薄暗い部屋だった。

大きな円卓に離れて並べられた五つの椅子に、隣り合って互いの顔が見えないくらいに。

席の間に序列は存在しないが、誰がどこに座るかは厳格に決められている。だから相手の顔は見えなくても、誰が誰かはすぐわかる。

「今日は皆、早いね。ベリアル以外にもこんなにそろってるなんて珍しい」

左目だけ金色の青年——メフィストは部屋の入り口から中を見回し、右の肩を竦めた。

五つの席のうち、既に三つが埋まっている。

「またおまえがしくじったと聞いてな、メフィスト」

「笑ってやりに待ち構えていた」

メフィストが自分の席に着座すると、向かい側に腰かけている二人の男たちが、交互に揶揄してくる。

かと思えば、

「オレは違うぞ？　敗者の弁が聞きたくて待っていたんだ」

「ははっ、アンドラスは意地が悪いな」

「おまえには負けるよ、シャックス」

などと二人が互いにやり合う。

協調性など欠片もない男たちなのだ。

メフィストの隣に座るベリアルが、呆れたように嘆息していた。

「まあ、敗者の弁が聞きたいなら、聞かせてあげるよ」

聞くに堪えない口論をやめさせるため、メフィストがそう言い出すと、アンドラスたちも覿面にこちらへ耳を傾ける。

「エイミーを信じて任せた、私の失敗だった。幼稚舎よろしく、最後まで面倒を見てあげるべきだった。私も忙しいんだけどね」

つらつらと答え、また右の肩を竦める。

その全く悪びれない態度と物言いに、アンドラスたちが肩透かしを受けた様子で、

「少しは反省しろよ、メフィスト」

「つまらん。号泣謝罪くらいサービスしてくれてもいいだろ」

「生憎、私は完璧主義者ではないんでね。謀略なんて、十に一つも成ればいいんだよ。肝心なのはたくさんの種を蒔いておくことさ」

と、あくまで開き直るメフィストに、アンドラスたちも鼻白んだ様子で追及をやめた。

またそれどころではなくなっていた。

出入り口に、五人目の姿が見えたからだ。

小生意気そうな顔立ちの、長い舌にタトゥーを入れたメスガキだった。

部屋の中へ入ると、甘ったるいキャンディーボイスで言った。

「今さー☆　誰かエイミーちゃんの悪口言ってたー?」

「メフィストが言ってた」「メフィストがディスってた」

アンドラスとシャックスが、声と指をそろえてメフィストを指す。

まあ事実なので、メフィストも右肩を竦めるだけで反論はしない。

「もー、やめてよねー☆　ライロックで暗躍してたあの子は、エイミーちゃんの影武者の中でも特に可愛(かわい)がってた子なんだから、あんま責めないであげてよー☆」

きゃらきゃらと無邪気に笑いながら、エイミーが空いていた最後の席へ着く。

「どうせ今ごろ、口を割らせようって躍起(やっき)になるマモ代(よ)ちゃんに、エッグい拷問(ごうもん)で責められてるんだろうしさー☆　あの子が知ってることなんて、ほとんどないのにねー☆」

一転、その笑みが邪気に染まり、長い舌をべろりと出す。

これがアナウス家の総裁の、恐いところだ。

何人、何十人と自分そっくりの影武者を飼っており、どれが本物だかもはやメフィストにもわからない。

この場に現れた彼女だとて、欺瞞かもしれないのだ！


「全員、そろったな――」

エイミーの着席を見て、ベリアルが厳かに口を開いた。

影武者かもしれないと承知の上で、その可能性を断固として無視できる男だ。

「今上魔王は、評判通りのやり手のようだ。戴冠して半年ほどは大人しかったが、もう半年の間に早や五つの国を征服した」

「つっても、たかだか人族どもの国だろう、ベリアル？」

「されど国は国だ。天帝の支配下にある教圏だ。侮ってよい代物ならば、魔族はとっくに世界征服の悲願を果たしている」

「実際、『断罪』の天使が降臨したという話もあるしね。魔王ケンゴーが退けたみたいだけど、魔将の一人や二人を失っていてもおかしくない事態だった」

「何より歴代の魔王たちに比べ、今上の征服速度が目に見えて早いというのが事実だ。しかも焦土に変えながら進軍を続けているわけではなく、着実にサルどもをまつろわせている」

ベリアルとメフィストで交互に、ケンゴーが如何に端倪すべからざる敵手か語り聞かせる。

それをアンドラスとシャックスが面白くなさそうに聞いている。

最後にエイミーが言った。

「でも世界征服が順調ってことは、それだけ背中がお留守になるってことだよねー☆」

アナウス家の女らしい、着眼点だった。

メフィストがともに図るに足る同志だった。


そう、同志だ。

ここにいる五人、魔王とその家臣どもを討つために集まった、今の魔界を憂う実力者たちだ。

誰もがそれぞれの得意分野で、メフィストが一目置く者たちだ。


「虚言」を司る悪魔、エイミー。

「殺生」を司る悪魔、アンドラス。

「偸盗」を司る悪魔、シャックス。

「邪淫」を司る悪魔、ベリアル。

「呑酒」を司る悪魔、メフィスト。


「エイミーの言やよし」

「背後から忍び寄り、奴らの心臓を一刺しにしてやろう」

「奴らの帰るべき場所を、かすめ盗ってやるのも面白いぜ」

「足元にせっせと落とし穴を掘ってやるのも、地味だけど効果的なんだよ？」

「暗躍はエイミーちゃんたちの十八番だもんねー☆」

皆で好き勝手に言い合うメフィストたち。

混沌としている。到底、一枚岩ではない。

しかし目的さえ同じならば、何も問題はない。

「魔王が支配する現体制に終止符を――」

「彼奴ら『七大魔将』どもがいつまでも君臨する、旧弊と緩慢に蝕まれた魔界に引導を――」

「そして我ら『五大悪魔』が取って代わり、新たな秩序を打ち建てるのだ――」

あとがき

皆様、お久しぶりです。あわむら赤光（あかみつ）です。

前巻刊行からとんでもなく間が空いてしまったにもかかわらず、今巻も手にとっていただき感謝感激です。

この五巻の原稿自体はかなり昔に完成していたのですが、版元さんの「せっかくコミカライズが決まったのだから、そちらと足並みをそろえていきましょう！」というご意向で、ようやく皆様のお手元に届けることができました。僕自身もホッとしております。

原作、コミカライズともども当シリーズを応援していただけるとうれしいです。

そして、皆様に謝罪したいことが一つございます……。

前巻の表紙でベル乃がドデーンとメインを張っていたために、「4巻はベル乃回なんだな！」と期待して読んだら「ベル乃回じゃなかった……」と落胆された読者様が一部いらっしゃったそうです。

僕が特に深い考えがあるわけでもなく、「kakao先生の描くベル乃表紙が見たい！」という動機だけで4巻の表紙をお願いした結果、ご期待を裏切ってしまって申し訳ありません……。

この5巻はちゃんとベル乃回にしましたのでお許しください！

またサ藤回だった4巻と入れ替わりに今巻はサ藤を表紙にしていただきました！

でも今後も特に深い考えがあるわけでもなく「kakao先生の描くアス美の表紙が見たい！」とかいう動機で表紙だけアス美メインになったりならなかったりすると思いますので、どうかその時はお許しください！


謝ったこの勢いで謝辞のコーナーに参ります！

まずは微笑ましくて仕方ないケンゴーもといサ藤とリモーネをカバーイラストにしてくださいました、イラストレーターのkakao様。リモーネは初カラーですがキュートさが百倍増で最高ですね！　同様に謎のメスガキもめちゃくちゃキュートで心つかまれました！

いつも万全のサポートをしてくださる担当編集のまいぞーさん。ずっと見守り続けてくださる初代担当のK村さん。これからもよろしくお願いいたします。

GA編集部と営業部の皆さんにも平素よりお世話になっております。

そして、勿論、この本を手にとってくださった、読者の皆様、一人一人に。

広島から最大級の愛を込めて。ありがとうございます！

六巻でもお会いできますよう、切に切に願っております。

ファンレター、作品の
ご感想をお待ちしています

〈あて先〉

〒106－0032
東京都港区六本木2－4－5
ＳＢクリエイティブ（株）
GA文庫編集部 気付

「あわむら赤光先生」係
「kakao先生」係

本書に関するご意見・ご感想は
右の QR コードよりお寄せください。

※アクセスの際や登録時に発生する通信費等はご負担ください。

https://ga.sbcr.jp/

転生魔王の大誤算 5

〜有能魔王軍の世界征服最短ルート〜

発　行　　2022年10月31日　初版第一刷発行
著　者　　あわむら赤光
発行人　　小川　淳

発行所　　SBクリエイティブ株式会社
〒106－0032
東京都港区六本木2－4－5
電話　03－5549－1201
03－5549－1167（編集）

装　丁　　AFTERGLOW

印刷・製本　中央精版印刷株式会社

ISBN978-4-8156-1442-3
Printed in Japan　　GA文庫